O Livro **CELTA**
da vida e da morte

Deuses, Heróis, Druidas, Fadas, Terras Misteriosas
e a Sabedoria dos Povos Celtas

Um Guia Ilustrado

Juliette Wood

Tradução
Denise de C. Rocha Delela

Editora Pensamento
SÃO PAULO

Título original: *The Celtic Book of Living and Dying*.

Copyright © Duncan Baird Publishers 2000
Copyright do texto © Juliette Wood 2000
Projeto gráfico © Duncan Baird Publishers 2000
Copyright das fotos ver página 136, que é uma extensão desta página.

1ª edição 2011.
4ª reimpressão 2021.

Todos os direitos reservados. Nenhuma parte deste livro pode ser reproduzida ou usada de qualquer forma ou por qualquer meio, eletrônico ou mecânico, inclusive fotocópias, gravações ou sistema de armazenamento em banco de dados, sem permissão por escrito, exceto nos casos de trechos curtos citados em resenhas críticas ou artigos de revistas.

A Editora Pensamento não se responsabiliza por eventuais mudanças ocorridas nos endereços convencionais ou eletrônicos citados neste livro.

Para Robert e Clive

Coordenação editorial: Denise de C. Rocha Delela e Roseli de Sousa Ferraz
Andreia Guimarães, criadora do site www.druidismo.com.br.
Revisão: Maria Aparecida Salmeron
Diagramação: Join Bureau
Revisão técnica: Andréa Guimarães

Nota: As abreviaturas EC e AEC são usadas ao longo de todo o livro:
EC Era Comum (equivalente a d.C.)
AEC Antes da Era Comum (equivalente a a.C.)

Dados Internacionais de Catalogação na Publicação (CIP)
(Câmara Brasileira do Livro, SP, Brasil)

Wood, Juliette
   O livro celta da vida e da morte / Juliette Wood ; tradução Denise C. Rocha Delela. – São Paulo : Pensamento, 2011.

   Título original: The celtic book of living and dying : the illustrated guide to celtic wisdom
   Bibliografia
   ISBN 978-85-315-1742-6

   1. Celtas – Religião 2. Mitologia (Celta) 3. Sabedoria – Aspectos religiosos I. Título.

11-06163   CDD-299.16

Índices para catálogo sistemático:
1. Mitologia : Religião celta   299.16

Direitos de tradução para o Brasil
adquiridos com exclusividade pela
EDITORA PENSAMENTO-CULTRIX LTDA.
Rua Dr. Mário Vicente, 368 — 04270-000 — São Paulo, SP
Fone: (11) 2066-9000
E-mail: atendimento@editorapensamento.com.br
http://www.editorapensamento.com.br
que se reserva a propriedade literária desta tradução.
Foi feito depósito legal.

SUMÁRIO

Introdução	4

Capítulo Um:
O Voo da Águia 7
A Criança Sábia 8
O Caminho do Guerreiro 10
A Honradez das Mulheres 14
Morte, Céu e Inferno 18
Assim Era a Casa 21

Capítulo Dois:
O Ciclo da Natureza 23
Duas Faces: Crescimento
  e Decadência 24
A Sabedoria do Clima 29
A Sabedoria das Estações 32
O Sol e a Lua 39

Capítulo Três
Ecos do Outro Mundo 41
As Ilhas do Outro Mundo 42
Impossibilidades 46

Véus de Ilusão 48
Criaturas Místicas 52
Talismãs de Poder 56
Colinas dos Encantados 58

Capítulo Quatro:
Viagens entre os Reinos 61
O Limiar do Outro Mundo 62
O Arquipélago Encantado 66
Visões dos Nossos Ancestrais 71
A Sabedoria da Água 74
Receptáculos da Verdade 76
Disfarçado de Cisne 80

Capítulo Cinco:
Destino e Conhecimento
  do Futuro 83
Nosso Passado é nosso
  Futuro 84
A Sabedoria do Salmão 88
O Mistério da Cabeça 90
Pássaros da Destruição 93

Capítulo Seis
Guardiães da Alma 95
A Sabedoria dos Druidas 96
Combates Mágicos 100
A Fortaleza do Amor 103
A Sabedoria da Inspiração 106
Santos e Anjos 110
O Poder do Três 112
Cura Espiritual 114
A Sabedoria dos Bardos 118

Capítulo Sete:
A Sabedoria da Eternidade 123
As Criaturas em Padrões 124
A Videira Trançada 126
O Nó Sem Fim 128
O Grande Bardo 131
Como Viver e Como Morrer 132

Guia de Pronúncia 134
Fontes Primárias 134
Leituras Recomendadas 135
Agradecimentos 136

INTRODUÇÃO

Os descendentes contemporâneos dos celtas têm fama de apreciar poesia e a sabedoria da imaginação. Mas devido a mudanças na língua, aos padrões migratórios e à absorção desse povo por nações maiores, muitas pessoas com ancestrais celtas não falam nenhum dos seis idiomas celtas (irlandês, manês, gaélico-escocês, galês, bretão e córnico) nos quais a sua herança cultural foi preservada. Desde os tempos dos gregos e dos romanos, o termo "celta" não era tão amplamente aplicado e difícil de definir.

Nosso conhecimento dos antigos celtas deriva, principalmente, de pesquisas arqueológicas e comentários feitos em obras clássicas. Gregos e romanos descreveram os celtas como bárbaros ferozes mas fascinantes, cuja bravura muito apreciavam. Os escritores da Antiguidade também se mostravam intrigados com a efervescência desse povo pitoresco, fascinado pela sua religião. Trata-se da visão de estrangeiros, certamente, mas que perdura há séculos e evoca imagens românticas de guerreiros e heróis valentes, mulheres sobrenaturais e druidas sábios. Hoje em dia, tendemos a considerar os primeiros celtas como cantores, poetas e fabulosos artesãos, que imbuíam sua arte e artefatos com uma tradição de sabedoria mística ainda relevante nos tempos atuais.

Neste livro, descrevemos os temas principais dessa sabedoria – a coragem, a fertilidade, o tempo, a profecia, o destino e o pós-morte – do modo como foram extraídos de fontes variadas. Os celtas antigos não tinham uma língua escrita e, na maior parte do tempo, seu conhecimento era transmitido oralmente por profissionais treinados – bardos ou druidas –, que usavam elaboradas técnicas de memorização. Mesmo assim, algumas inscrições mais antigas e vários textos foram preservados. Há muita sabedoria celta nos relatos dos cronistas cristãos posteriores e nos contos e poemas da literatura medieval.

O legado riquíssimo dos celtas foi primeiramente preservado nas narrativas dos escribas cristãos. Estes escreviam poemas louvando as façanhas de reis históricos e heróis de ficção, cujos atos incorporavam os códigos de comportamento das pessoas. Eles documentavam as leis que definiam instituições importantes como o reinado e o casamento, e também a posição de homens, mulheres e crianças na sociedade celta. A poesia gnômica (versos que contêm ou ilustram uma máxima ou aforismo) era registrada, o que preservou o conhecimento do mundo natural. Os escribas também transmitiram às gerações futuras o sistema bardo das tríades (agrupamentos tradicionais de três itens associados), que conservam sabedoria em listas de contos, provérbios e conhecimentos gerais.

O legado da sua sabedoria oral e escrita muito nos revela acerca do espírito dos celtas. Seus poemas transmitem sentimentos poderosos e universais e suas narrativas provocam o ouvinte com sua trama de acontecimentos dramáticos e imagens simbólicas. Embora talvez nunca sejamos capazes de identificar com total precisão seu significado ou contexto, a tradição de sabedoria encapsulada neste livro é ao mesmo tempo intrigante e inspiradora. Atemporal, ela é capaz de tocar profundamente muitos leitores modernos, assim como fez com gerações desse povo antigo.

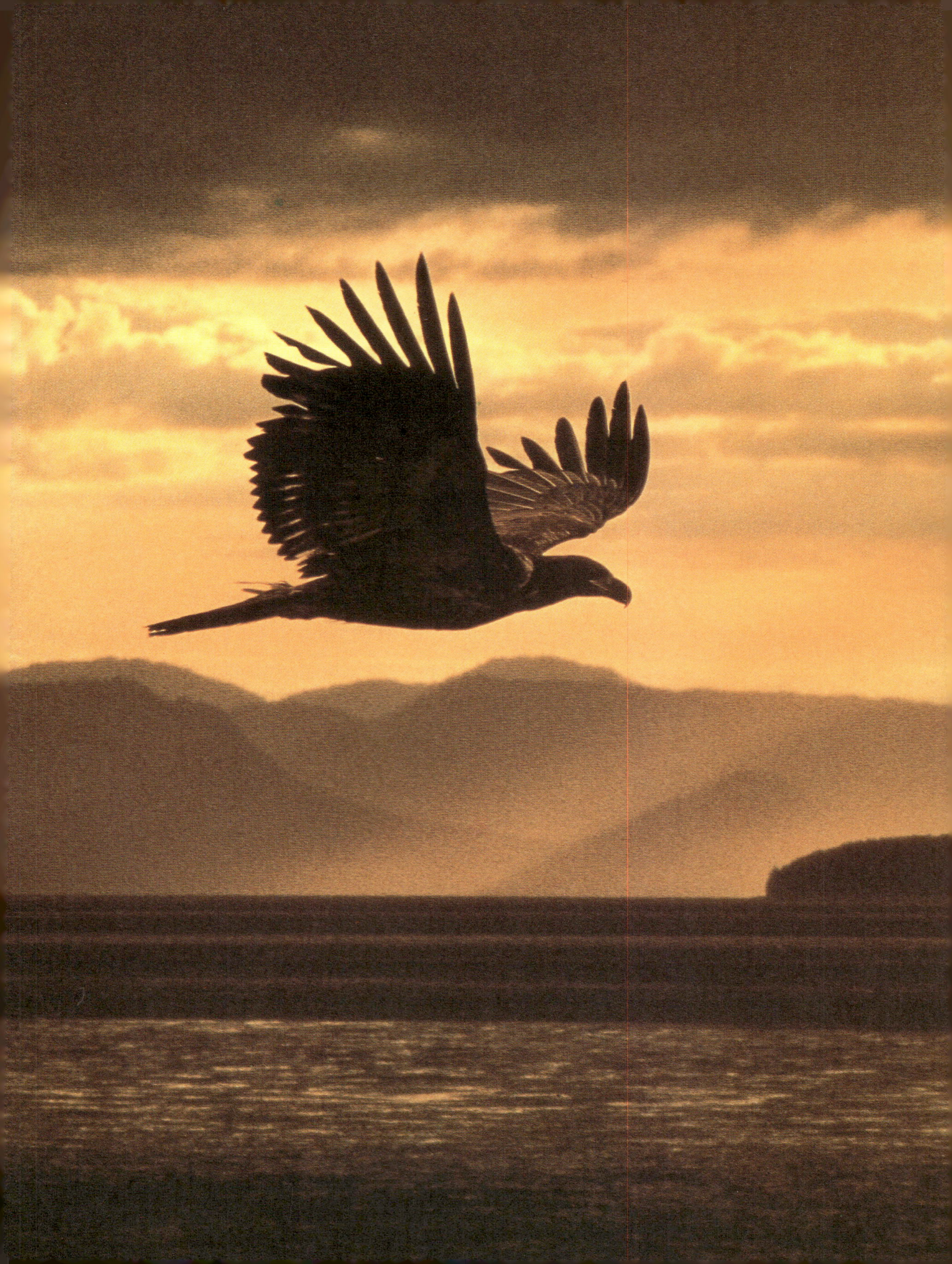

O VOO DA ÁGUIA

Com sua visão suprema, que a tudo vê, a águia tem associações cósmicas em muitas mitologias. O seu voo, no entanto, também pode ser considerado uma metáfora da nossa jornada pela vida. Neste capítulo, traçamos a trajetória humana desde a infância, passando pelos deveres das mães e dos guerreiros celtas, até o tempo em que as festividades e triunfos de homens e mulheres não passam de lembranças fugidias, que assombram ruínas solitárias entre colinas.

A CRIANÇA SÁBIA

A infância é um período mágico para os celtas. Existem leis que regulamentam os deveres dos pais biológicos e adotivos com respeito aos cuidados e à educação dos filhos pequenos. Uma das primeiras responsabilidades é escolher cuidadosamente o nome da criança, pois o significado do nome determina o papel que a pessoa desempenhará na vida adulta. Também é importante que a criança receba um nome antes que seja afetada por forças adversas que possam influenciar o seu destino. Contudo, muitas crianças especiais – aquelas que possuem uma sabedoria extraordinária e estão destinadas a transmiti-la aos outros – recebem o nome de episódios aparentemente acidentais, mas também simbólicos, ocorridos na sua infância. Essas "crianças sábias" são associadas com a água ao nascer ou logo depois do nascimento, e passam por um "segundo nascimento", do qual emergem precocemente instruídas e dotadas de poderes sobrenaturais.

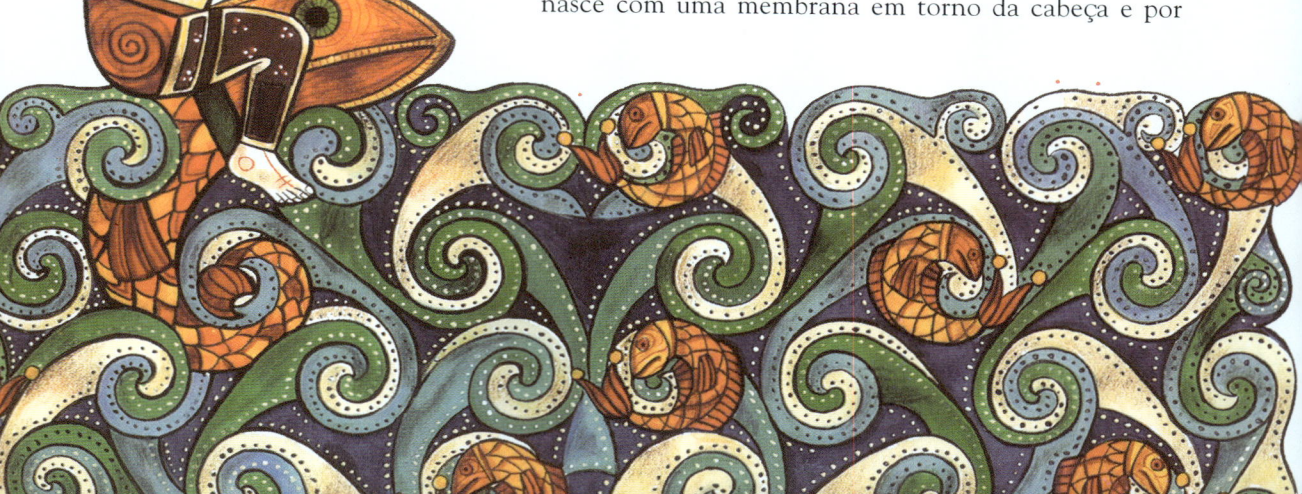

A água é um ambiente natural para as crianças sábias, como também é fonte de vitalidade para todos os seres vivos e um símbolo de inspiração poética. O motivo da água – como o da luz emergindo das sombras e o do dom psíquico da "visão" – está presente em muitas histórias. O jovem herói Finn, cujo nome significa "brilhante", mergulha na água tão logo nasce para fugir das tentativas do rei de assassiná-lo. A criança emerge da água segurando um peixe e cresce em segredo até ter idade suficiente para reivindicar sua herança. O bebê Morfhind, cujo nome significa "brilho imenso", nasce com uma membrana em torno da cabeça e por isso é jogado ao mar para se afogar; no entanto, em vez disso ele vem à tona na nona onda e começa a falar.

Embora as crianças sábias comecem sua vida na escuridão física – Morfhind com a membrana lhe cobrindo a cabeça, o bardo Taliesin num saco preto (ver abaixo) –, elas logo recebem nomes associados à luz, que revelam a sua visão especial de poeta e vidente. A ideia de que as crianças possuem uma sabedoria inata (ou a adquirem pouco tempo depois) está presente no *Livro de Taliesin*: "Velho é o homem quando nasce, e jovem, jovem para sempre depois disso" – um paradoxo coerente com a crença celta no ciclo de vida, morte e pós-morte.

O Testa Brilhante

No Calan Gaeaf – nome pelo qual o primeiro dia de inverno era conhecido em Gales –, o príncipe Elphin mab Gwyddno, filho pródigo de Gwyddno Longshanks, encontra um misterioso saco preto num açude. Quando olha dentro dele, encontra uma criança de beleza incomparável. "Que testa brilhante!", exclama o príncipe em galês – *tal* ("testa") *iesin* ("brilhante") – e a criança sábia no mesmo instante toma essa frase como seu nome. Elphin monta em seu cavalo com o bebê no colo e vai para casa. O cavalo de Elphin instintivamente reconhece os poderes especiais da criança e trota devagar, para evitar machucá-la. O príncipe Elphin se apega tanto à criança que a adota como filho. Taliesin posteriormente se torna o maior bardo de Gales.

O CAMINHO DO GUERREIRO

Para os celtas, a guerra não era uma carnificina mecânica e impensada, mas uma arte complexa, que exigia dedicação e destreza. Em batalha, o povo exprimia sua voz. De acordo com Júlio César, os guerreiros montados, conhecidos como *équites*, eram os homens mais refinados da Gália. Quando o herói irlandês Cuchulainn aprendeu a lutar, ele também aprendeu 27 estratégias de combate que receberam nomes como "Façanha da Maçã", "Salto sobre o Veneno" e "Façanha Ruidosa dos Nove", o que sugere um mundo de artes marciais onde a disciplina e a concentração são tão importantes quanto a força bruta. A ideia da guerra como uma arte se reflete nas cenas detalhadas de luta e nas imagens realistas, que adornam escudos, adagas, espadas e lanças, de guerreiros praticando exercícios marciais.

As armas belamente decoradas, o bem mais precioso de um guerreiro, seguiam com eles até o túmulo para servi-los no pós-morte. As imagens bélicas das armas se refletem nos epítetos a elas aplicados pelos guerreiros: "Centenas de Batalhas", "Grande Cão", "Serpente de Terrível Peçonha", "Javali Orgulhoso" e "Baluarte de Batalha", para citar alguns. "Chega mais rápido a um campo de sangue do que a uma festa de casamento", canta o poeta Aneirin (ver p. 13) sobre um desses guerreiros.

Lealdade e bravura são as qualidades mais valorizadas, e um rei sábio sabe o valor que têm seus soldados. Em *Y Gododdin*, um antigo poema galês, Aneirin conta sobre trezentos jovens que lutam pelo rei de Gododdin. Durante um ano eles aceitam sua hospitalidade – comem, bebem hidromel e recebem presentes caros. Esses trezentos homens são não apenas corajosos, mas astutos também; cortejam as mulheres e dominam todas as artes, sendo a arte da guerra apenas uma delas. Depois de um ano de farra na corte, os guerreiros partem para a batalha – segundo o verso do poema, "Em pagamento pelo hidromel" –, montados em seus cavalos brancos ofertados pelo rei, com a moral elevada e cheios de expectativa pela batalha que têm pela frente. Embora tenham sido todos mortos, morreram cheios de glória e suas bravas façanhas foram eternizadas nas canções – uma imortalidade terrena comparável à recompensa do pós-morte.

A "SABEDORIA DA ESPADA"

Acima de tudo, os celtas buscavam a glória na batalha – a "sabedoria da espada" – e viviam com receio da desgraça. Os guerreiros se identificavam com suas armas pessoais. Como declarou Amergin, um dos maiores metamorfos da narrativa irlandesa, "Eu sou a ponta de uma espada". Os melhores guerreiros carregavam a afiada montante celta (em inglês, *longsword*), e a poesia sobre batalhas louvava a perícia desses homens. Aneirin enaltecia os homens de Gododdin, guerreiros "que se mantinham firmes na batalha". Ao comando do líder, "as lâminas das espadas golpeavam. Eles adoravam combates e se entediavam quando não havia calamidades".

Mesmo depois da morte dos soldados, o comandante continua protegendo seus homens. Por exemplo, Mac Con erige um *cairn* (monte de pedras erigido como um túmulo) para cada um dos seus companheiros e eles são enterrados na vertical, com o escudo diante deles, como se os seus espíritos estivessem prontos para a batalha. As sepulturas dos guerreiros são muitas vezes feitas às margens de rios ou de outros tipos de fronteira, para que os soldados mortos formem uma barreira sagrada contra os inimigos. Quando Taliesin e seu companheiro percorrem um território cheio de sepulturas de guerreiros, pedem ao poeta que diga o nome do soldado enterrado em cada sepultura e informe a sua linhagem. O fato de se esperar que um poderoso vidente se lembre dos detalhes acerca dos guerreiros mortos mostra a grande admiração e respeito que os celtas tinham pelos guerreiros.

Armas mágicas

Como em muitos outros aspectos da vida celta, a magia também desempenha um papel importante na arte da guerra. O herói Cuchulainn tem várias armas dotadas de um poder misterioso, sendo a mais terrível um dardo farpado. Conhecida como *gae bolga*, o dardo provoca múltiplos ferimentos fatais e sempre volta por conta própria para o seu dono. Cuchulainn mata muitos inimigos com essa arma. Um dia, ele está lutando no mar, em plena arrebentação, contra um jovem guerreiro desconhecido. Os dois parecem se igualar em forças até que Cuchulainn lança a sua *gae bolga* e fere mortalmente o oponente. Só quando a vítima morre em seus braços Cuchulainn percebe que matou o próprio irmão. Uma arma de poder sobrenatural é usada pelo cavaleiro do rei Arthur, Kei, que o ajuda a se defender de um monstruoso gigante. Kei tem poderes mágicos e possui uma lança tão afiada que pode arrancar sangue do vento.

O Caminho do Guerreiro

A vida militar está longe de ser um reduto exclusivamente masculino. As guerreiras lutam lado a lado com os homens ou lançam maldições nos inimigos. Deusas guerreiras lançam mão da magia para se transformar em ferozes criaturas de batalha – e ai de quem as ofende! Antes da batalha, quando Cuchulainn rejeita os avanços amorosos de uma bela mulher, ela revela ser Morrigan (uma apavorante deusa guerreira metamorfa) e o avisa de que ela dificultará sua luta. Durante a batalha, ela o ataca três vezes, primeiro na forma de uma enguia, depois na forma de um lobo e, finalmente, como uma novilha mocho. A cada vez, o herói a fere. Depois da batalha, ela se aproxima de Cuchulainn novamente e oferece ao sedento guerreiro três goles de leite – cada vez que ele bebe, uma das feridas dela cicatriza.

Coragem implica a realidade e intensidade do medo – uma emoção que o guerreiro busca deliberadamente instilar em todos os seus inimigos. Um escritor grego descreve um *carynx*, uma trompa de guerra no formato de cabeça de animal. Os guerreiros celtas sopravam essa trompa antes da batalha para produzir um som arrepiante com a intenção de apavorar as tropas inimigas. Canções, cânticos e trompas de batalha causavam uma espécie de êxtase marcial.

Os poetas celtas, além de cantar canções, muitas vezes lutam nas batalhas. Graças aos privilégios de guerra conferidos pela sua condição de bardos, eles raramente perecem nessas ocasiões. Aneirin foi capturado e aprisionado depois da batalha de Gododdin. Acorrentado numa cela subterrânea, ele cantou canções sobre os javalis mágicos e bravos guerreiros que conheceu.

Último sobrevivente da grande batalha e a única pessoa que sabia como os jovens heróis tinham morrido, Aneirin escapa da morte e por isso pode contar sobre o destino dos soldados. Ele compõe *Gododdin*, poema no qual celebra os risos dos soldados antes de entrar em combate e registra suas grandes façanhas e morte gloriosa, para que sejam lembrados para sempre.

A HONRADEZ DAS MULHERES

Segundo um conhecido preceito da lei irlandesa, a mulher pertence ao pai enquanto é solteira, ao marido depois de casada e aos filhos quando fica viúva. As mulheres celtas, porém, não são tão passivas quanto essa fórmula pode sugerir. Tanto a literatura clássica quanto a celta celebram as mulheres fiéis ao seu senso de honra. Boudicca, rainha dos icenos (tribo que habitava o território que hoje corresponde ao condado de Norfolk, na Inglaterra), liderou rebeldes britânicos, em sua carruagem de guerra, numa revolta contra os romanos em 60 EC, na qual buscava vingança por uma causa justa. O historiador romano Tácito retrata Boudicca como uma megera de cabelos vermelhos, mas ele mesmo aprecia a lealdade dela à tribo e sua bravura ao impor resistência contra os ultrajes que ela e a família tinham sofrido nas mãos de soldados romanos saqueadores.

Na literatura gaélica irlandesa, Deirdre luta entre o amor que sente pelo atraente Naoise e um casamento forçado com o velho e cruel rei Conchobar de Ulster. Furioso com a fuga da futura esposa com Naoise e seus irmãos, Conchobar usa de artimanhas para matar o amante de Deirdre e ameaça escravizá-la. Em vez disso, ela prefere se suicidar, atirando-se da carruagem e chocando-se contra uma rocha, em vez de se submeter à brutalidade de um rei perverso. Desde então ela tem sido muitas vezes conhecida como "Deirdre dos Infortúnios".

Este detalhe de um colar de ouro celta remete a Blodeuwedd, que conspirou com seu amante para matar o marido, o herói semidivino Lleu Llaw Gyffes. Reza a lenda que Blodeuwedd foi originalmente criada das flores. Como castigo por seu crime, foi transformada numa coruja, que era odiada pelos outros pássaros e só podia voar à noite. Graças a essa transformação, a palavra "coruja" em galês é "blodeuwedd".

A Honradez das Mulheres

O folclore irlandês louva as mulheres que têm "uma língua estável, um lar estável e uma virtude estável". Essas três qualidades são exploradas na "história galesa de Rhiannon, filha de um rei do Outro Mundo. Um dia, Pwyll, rei de Dyfed, segue uma bela mulher montada num cavalo branco nos arredores da sua corte, em Arberth. Por mais rápido que galope, não consegue alcançá-la; por isso, ele se aproxima dela por intermédio de uma cortesã. A mulher revela a Pwyll que ela é Rhiannon e ela quer que ele a tome como esposa para libertá-la do noivado com um pretendente indesejado. Pwyll aceita de bom grado o compromisso, mas no dia do casamento ele é enganado e

A SENHORA DE BEARE

No poema irlandês *Cailleach Bheara*, uma velha senhora se lembra da época em que era amante de reis. Agora ela vive sozinha em Beare, tendo apenas o mar e o vento como companhia. Bela e feia, jovem e velha, alternadamente, ela é um símbolo do ciclo da vida e da relação do rei com sua terra. Em seu aspecto jovem, ela distribui a taça simbólica da soberania, oferecendo sabedoria feminina por meio do poder da água. Como anciã, ela controla a natureza – na Ilha de Man, é associada ao clima e na Escócia é associada à caça.

acaba sendo forçado a prometer a noiva justamente ao homem que ela pretendia evitar. A astuta Rhiannon intervém, mostra a Pwyll como humilhar o rival e, um ano depois, o casal passa a viver junto.

Depois que o casal volta para Dyfed, Rhiannon logo ganha a reputação de ser uma rainha pródiga entre os súditos. Ninguém deixa a corte sem ganhar dela um presente, como símbolo da sua generosa hospitalidade. No entanto, ela não tem filhos e os irmãos de criação do marido começam a espalhar boatos maldosos a respeito dela.

Quando o casal finalmente tem um filho, todos ficam muito felizes, mas o bebê desaparece misteriosamente e a rainha é acusada de matar o próprio filho. Ela é encontrada com o rosto cheio de sangue – na verdade, um ardil engendrado pelas amas da criança. Estas, com receio de que sua suposta negligência lhes custasse a vida, matam um cão e usam seu sangue para acusar a rainha de devorar o próprio filho e evitar que a punição recaia sobre elas. Rhiannon mantém um silêncio cheio de dignidade diante das incriminações e, durante a penitência pelo seu crime, nenhuma vez culpa outra pessoa ou alega inocência. Sua resistência é recompensada quando a criança é encontrada viva e bem; a mãe então reconquista sua reputação de boa rainha e mãe – e uma mulher cheia de dignidade.

Esta rara figura de bronze – uma das três únicas esculturas celtas de dançarinas já descobertas – foi encontrada junto com outros tesouros sagrados num santuário celta na região de Loiret, na França. Acredita-se que ela tenha aproximadamente 2 mil anos e possa representar a adoradora de um deus ou uma sacerdotisa tomando parte de uma dança ritual para celebrar os festejos em homenagem a essa divindade. Poetas celtas posteriores louvaram a graça e beleza de mulheres como esta ágil e graciosa dançarina, descrevendo-as como "ciprestes de belas formas", com "cabelos sedosos e brilhantes como a Via Láctea".

Mãe Abnegada

De acordo com o *Mabinogion*, a mãe adotiva que cria o bebê de Rhiannon demonstra uma abnegação exemplar. Primeiro, ela conta ao marido, Teyrnon, que resgatou a criança e cuidará dela de bom grado: "Senhor, será uma grande alegria e satisfação para mim se a quiserdes". Então, quando descobre os verdadeiros pais da criança, ela concorda em desistir dela e devolvê-la à mãe natural: "Três coisas, Senhor, assim ganharemos. Agradecimentos e presentes por libertar Rhiannon de sua penitência, agradecimentos de Pwyll por alimentar e devolver-lhe o filho e, se o menino for de natureza gentil, será nosso filho adotivo e fará por nós todo bem que estiver em seu poder". A mulher, cujo nome nunca foi mencionado, representa o sacrifício voluntário que qualquer mãe faria para garantir a prosperidade do filho.

O bebê de Rhiannon foi sequestrado por um espírito malévolo (embora tenha sido resgatado posteriormente por um senhor chamado Teyrnon e adotado pela esposa dele) – um risco que todas as mães correm e que exige delas vigilância constante sobre a prole. A magia protetora pode ajudar. Para proteger filhos pequenos das bruxas, basta fixar na roupa da criança uma fita vermelha cheia de nós. Os bebês, no entanto, precisam de proteção terrena também, para que não sejam raptados pelos encantados. Um ótimo exemplo de cuidados maternais é dado pela mãe do pequeno Dinogad, que velava por ele enquanto o menino dormia e cantava canções que falavam da boa carne e das peles quentes que seu pai trazia quando ia caçar.

MORTE, CÉU E INFERNO

Numa ilha ao sudoeste da Irlanda, vive o deus Donn, Senhor dos Mortos, a quem todos os seres humanos um dia acabam prestando homenagens. Ele é o deus ancestral que dorme numa caverna, assistido por nove donzelas, cujo sopro alimenta o fogo sob o seu caldeirão mágico. O reino de Donn se estende até as sepulturas em que guerreiros e reis celtas estão enterrados com suas armas, joias e trajes cerimoniais – e também as carruagens em que eles viajam para o Outro Mundo, onde viverão pela eternidade.

ANKOU, O MENSAGEIRO DA MORTE BRETÃO

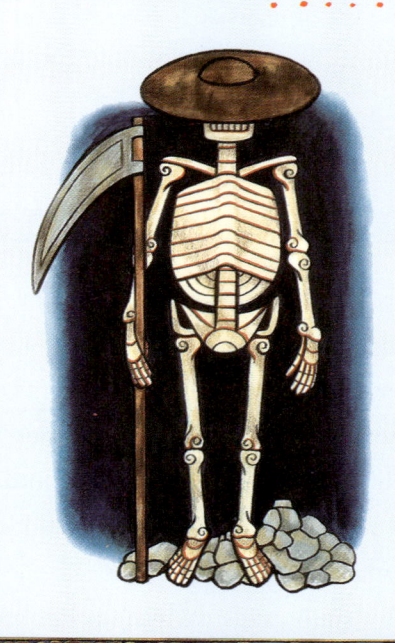

Na Britânia, Ankou aparecia às almas daqueles que estavam prestes a morrer. Assim como a morte pode chegar a qualquer hora e de muitas maneiras, a figura de Ankou também tinha muitos disfarces. Às vezes ele era um homem alto e magro, outras vezes um esqueleto portando uma foice e com a face oculta embaixo de um chapéu de abas largas. Em algumas ocasiões, ele aparecia a pé e, em outras, vinha numa carruagem cheia de pedras, que descarregava quando uma nova alma entrava no coche. Dizem que, quando se ouvia um barulho de pedras entrechocando-se, era sinal de que Ankou estava por perto.

Segundo a tradição celta, as formas mais sagradas de sabedoria provêm do reino dos ancestrais – o mundo dos mortos. Isso explica por que até o Sol brilhante faz seu trajeto descendente, à noite, até o reino sombrio de Donn. O Sol é a fonte de toda a vida, e seu movimento entre o mundo dos vivos, durante o dia, e o mundo dos mortos, durante a noite, determina o ritmo do tempo.

O contato entre os vivos e os mortos é coisa trivial na imaginação celta. O reino dos mortos é uma fonte poderosa de conhecimento arcano para os vivos, embora seja sempre para eles um perigo viajar até lá – estão proibidos de entrar nesse reino incivilizado antes da hora. No entanto, são muitas as tentações para se violar essa regra. De acordo com um escritor clássico, os pescadores da Britânia eram às vezes perturbados pelas almas dos mortos, que os chamavam à noite para levá-los de barco até uma misteriosa ilha – o lar de Donn. Qualquer um que viaje para o Outro Lado antes da morte se mantém eternamente jovem enquanto estiver lá, mas envelhece imediatamente assim que retorna.

A morte é uma passagem para uma esfera diferente da vida. Ela muitas vezes é precedida por sinais e premonições. Por exemplo, um pouco antes de morrer, três cavaleiros de Donn, de cabelos ruivos, apareceram ao rei Conaire – tingidos de vermelho talvez pelo pôr do sol na terra natal de Donn, a oeste. Outros presságios da morte incluem velas de defunto (luzes que aparecem flutuando ao lado da pessoa que vai morrer) e o grito dos corvos. O harpista David of the White Rock previu sua própria morte num sonho. Ao acordar, ele pediu à esposa que lhe trouxesse sua harpa para que ele pudesse cantar sua última canção – a vida do harpista se esvaiu com os últimos acordes da sua bela melodia.

O Voo da Águia

ASSIM ERA A CASA

Palácios e grandes construções vivem e morrem, assim como reis e príncipes. Os bardos celtas reconheceram isso numa tradição de poesia que justapõe de maneira pungente as ruínas de uma construção com a alegria ruidosa que um dia houve ali. No trecho a seguir, extraído de *Canu Heledd* [Canções de Heledd], um poema galês anônimo do século IX, a princesa Heledd lamenta a morte do rei Cynddylan, seu irmão.

"Afastem-se, donzelas, e vejam a terra natal de Cynddylan.
Agora que as chamas consomem a corte de Pengwern,
Ai daqueles ainda jovens, que têm saudade de seus irmãos...

Com pesar no coração, envolvi a carne branca em uma mortalha negra,
Cynddylan, príncipe de uma centena de exércitos.

O salão de Cynddylan está às escuras esta noite, sem fogo, sem cama;
Eu chorarei por algum tempo, depois silenciarei.

O salão de Cynddylan está às escuras esta noite, sem fogo, sem luz;
Exceto por Deus, que aliviará as minhas inquietações...

É triste ver o salão de Cynddylan
Sem teto, sem fogo,
Meu Senhor está morto e, no entanto, ainda vivo..."

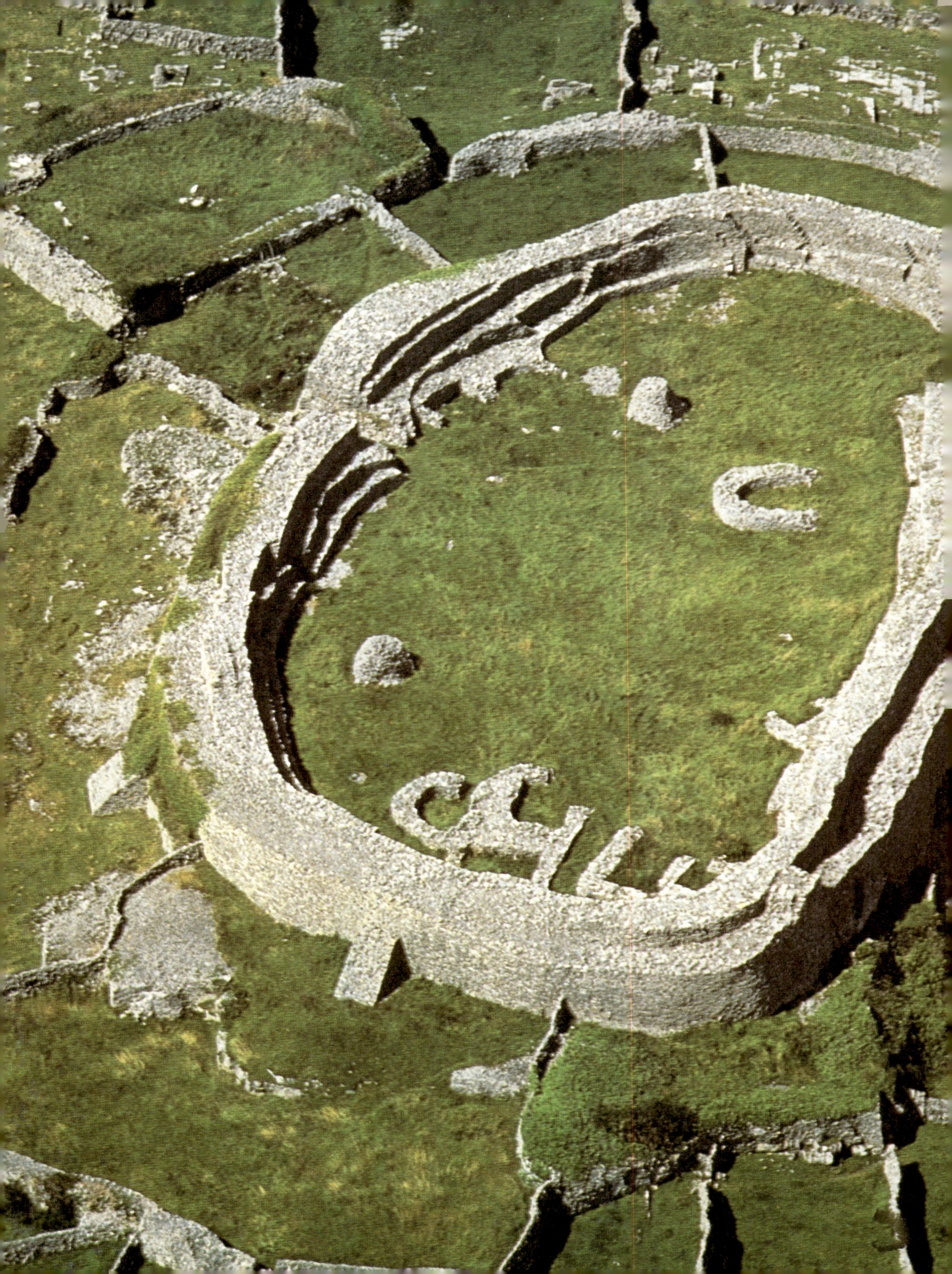

O CICLO DA NATUREZA

O ano celta não tem começo nem fim. Ele segue o ritmo da natureza em seu ciclo contínuo. As marcações no calendário são apenas as mudanças mais evidentes na natureza. A cada nova estação, ocorre uma festividade que celebra seu significado para a agricultura. Durante essas festividades, as fronteiras entre os mundos material e sobrenatural desaparecem, e as entidades espirituais do Outro Mundo rompem o véu que os separa do reino dos vivos.

O Ciclo da Natureza

DUAS FACES: CRESCIMENTO E DECADÊNCIA

A natureza dá e tira a vida, e esses dois aspectos opostos são completamente interdependentes: nada pode florir ou ser curado sem destruição. Por isso a tradição celta coloca animais ferozes e poderosos lado a lado com deusas delicadas e gentis. Na Europa, os ursos são protegidos pela serena deusa da floresta, Artio, ao passo que o javali está sob os cuidados de Arduinna, que carrega com ela uma faca de caça e cavalga no lombo desse animal, como se fosse um pônei domesticado. Essas divindades encarnam o paradoxo da vida e da morte, sempre em conluio mútuo, pois são patronas tanto daqueles que caçam os animais quanto dos animais caçados.

A natureza só pode dar vazão à sua força de cura quando seu potencial para a destruição é mantido sob controle por meio das ações de intermediários, como os deuses da natureza e seus congêneres humanos, os druidas e curandeiros. Alguns dos médicos de reis e senhores escoceses adquiriram seus poderes de cura comendo a carne de um salmão mágico. Segundo um conto bretão, o consumo de carne de uma serpente mágica confere capacidades extraordinárias, inclusive o poder de cura. Um jovem corteja uma dama, sem saber que ela é uma bruxa. Um dia, a pedido dela, ele mata uma cobra branca, que ela coloca numa panela para fazer uma sopa. Com fome, o jovem inocentemente decide se servir de uma concha e então descobre que subitamente adquiriu

Esta estatueta de Berne, na Suíça, retrata uma figura feminina sentada ao lado de uma mesinha, sobre a qual há uma cesta de frutas. Ela está oferecendo o alimento a um urso, de pé na frente de uma árvore. Na dedicatória se lê: "*Dea Artio*", que significa "para a deusa urso" ou "para a deusa Artio". A árvore solitária provavelmente representa a floresta como um todo. É provável que essa deusa seja tanto patrona da caça e protetora dos ursos, como uma divindade da floresta.

poderes mágicos. Ele agora sabe a língua dos pássaros e como usar magia para curar com ervas medicinais. Ele também descobre a verdadeira identidade da sua anfitriã. A partir daí começa uma disputa entre a bruxa e o jovem, que competem para ver quem tem mais poderes.

Num mundo em que a ciência ainda não buscava explicar todas as coisas, as plantas e os animais eram a fonte da magia. Num conto, o herói irlandês Finn mac Cumhaill toca um salmão que tinha comido avelãs de uma árvore pertencente à deusa Boinn, e instantaneamente adquire um conhecimento ilimitado. Muitos dos animais e plantas dos quais os curandeiros aprendiam sua arte tinham uma função religiosa. Por exemplo, o autor romano Plínio menciona que o visco, uma planta

A escolha de Peredur

O aspecto multifacetado da natureza é mostrado na história de Peredur, cujas muitas aventuras simbolizavam sua transição de jovem comum para herói. Um dia, Peredur viu uma árvore extraordinária às margens de um rio – de um lado ela tinha folhas e do outro, chamas saíam dela. Peredur observou a árvore e refletiu sobre o seu simbolismo. Perto dela, um jovem da nobreza descansava. Ele ofereceu a Peredur a chance de escolher entre três caminhos. O primeiro levava a uma tranquila noite de sono, o segundo levava a um banquete suntuoso e o terceiro, a um monstro apavorante. Peredur sabiamente escolheu o terceiro, que era, claro, o caminho para a glória.

O Ciclo da Natureza

O Deus Cornífero

Cernunnos, "O Deus Cornífero", encarna a estreita relação entre os celtas e o mundo natural. Meio homem e meio animal, esse deus geralmente é retratado sentado de pernas cruzadas. Cernunnos tem cascos em vez de pés e um par de chifres que simbolizam o eterno ciclo de regeneração. Em algumas imagens, dos dedos do deus escorrem rios de ouro; ou, como aqui, ele segura uma cobra, outro animal que serve de alusão ao ciclo de renovação. Ele usa não um, mas dois torques – colares que denotam poder e posição elevada entre os celtas. Cernunnos é o deus dos animais, tanto os selvagens quanto os domesticados, e é também o senhor de toda a natureza.

Duas Faces: Crescimento e Decadência

As árvores são símbolos importantes na sabedoria celta – por exemplo, o deus Esus é, por tradição, retratado cortando um salgueiro. Com raízes que penetram fundo na terra e galhos que crescem em direção ao céu, o salgueiro proporciona uma ligação entre os mundos superior e inferior. As árvores que mudam de folhas anualmente evocam o ciclo infinito de nascimento, morte e renascimento, enquanto as árvores perenes refletem o aparente paradoxo da vida eterna depois da morte.

considerada particularmente sagrada pelos druidas, era usada na forma de pomada para acelerar a cura e também como elixir da fertilidade, quando usada numa poção – talvez porque essa planta, uma parasita, viceja no inverno, quando a árvore hospedeira parece sem vida.

Nas gravuras pagãs celtas, o deus Esus é retratado como um lenhador cortando um salgueiro (ilustração acima). O poeta romano Lucano nos conta que Esus exigia sacrifícios humanos e que as vítimas eram apunhaladas e penduradas em árvores, onde sangravam até a morte. Esus, porém, cujo nome significa "Deus Mestre" é muitas vezes retratado com Cernunnos, o "Deus Cornífero" ou "Senhor dos Animais" (ver página ao lado). Isso nos dá uma visão mais abrangente dessa misteriosa divindade. Numa gravura, rica em simbologia, de Esus cortando um galho de salgueiro, o deus cornífero da natureza é retratado sentado serenamente acima dele, num pilar. Por perto há um touro – possivelmente representando um sacrifício – com três garças empoleiradas em suas costas. Os pássaros formam uma tríade (um grupo de três), símbolo recorrente do sagrado na tradição celta. Embora não saibamos que mito a gravura representa, essas imagens combinadas sugerem o poder que a natureza tem de gerar a vida a partir da morte por meio da renovação da primavera.

O Ciclo da Natureza

A SABEDORIA DO CLIMA

Numa sociedade cuja sobrevivência depende da agricultura e da criação de animais, a capacidade de prever o tempo é certamente decisiva. O folclore celta está repleto de máximas sobre o tempo – por exemplo, na Ilha de Man, se o Sol brilha sobre as colinas no Ano Novo, isso é sinal de boa pescaria. A seguir, uma seleção de poesias sobre a natureza extraídas de manuscritos medievais galeses e irlandeses.

"Neve caindo, o gelo é branco;
O vento é forte; a grama, congelada;
Um escudo jaz inútil nos ombros de um velho;

A neve cai, cobrindo o gelo;
O vento açoita os galhos de árvores espessas;
Um escudo é esplêndido nos ombros de um homem valente."
(galês)

. . . .

"Neve da montanha, o vale está branco;
Árvores se curvam sob o açoite do vento;
Tantos casais apaixonados nunca ficam juntos.

A neve da montanha salpica o ar sobre a torre;
Os rebanhos procuram abrigo;
Infeliz é a mulher que tem um mau marido.

A neve da montanha polvilha o ar diante do rochedo;
Juncos definham, o rebanho se afasta do lago congelado;
Infeliz é o homem que tem uma má esposa."
(galês)

O Ciclo da Natureza

"Nas épocas sombrias do solstício de inverno
volumosas ondas se formam
nos flancos das imensidões do mundo.
Tristes estão os pássaros de todo prado, com exceção dos corvos,
Que se alimentam do sangue carmesim.
No feroz clima invernal com seu rugido,
É turbulento, sombrio, escuro e enfumaçado."
(irlandês)

. . . .

"Tempestade na montanha, rios em torrentes;
Enchentes inundam as casas;
Em todo lugar se vê um oceano."
(galês)

. . . .

"Quando o vento leste é constante,
a força da onda aumenta:
Ela quer ir para o ocidente passando sobre nós,
Ir para a terra do sol poente,
Para o vasto mar verdejante."
(irlandês)

A Sabedoria do Clima

"Comum é o vento do norte;
Comum é a doçura de uma donzela;
Comum é um belo homem de Gwynedd;
Comum é o banquete de um príncipe;
Comum é a tristeza depois da bebedeira.

Comum é o vento do leste;
Comum é a bazófia de um homem bem nutrido;
Comum é um pássaro preto em meio aos espinheiros;
Comum é muito choro depois de grande violência;
Comum para os corvos é comer carniça depois de uma batalha."
(galês)

. . . .

"Do lado de fora, a chuva molha as folhas;
Cristas brancas nas ondas do oceano; espuma do mar na praia;
O entendimento é a luz da humanidade."
(galês)

. . . .

"No verão, novilhos mugem, o tempo é mais claro, nem cruel
nem enfadonho, sobre a planície luxuriante – calmo e delicioso.
A voz do vento contra o bosque ramoso, cinza de nuvens;
O rio inunda, a canção do cisne, a bela música."
(irlandês)

A SABEDORIA DAS ESTAÇÕES

Para os celtas, as estações se sucedem num ciclo que sempre se repete, como o giro de uma roda. O poder do Sol produz vida e regula os ciclos do crescimento de todas as coisas, inclusive as colheitas e os animais dos quais depende a humanidade.

Forças naturais controlam o destino da humanidade, portanto, todos os acontecimentos têm o tempo e a estação certa. No Samhain ("Fim de Verão", um festival que acontece todo ano no final de outubro e início de novembro, ocorrem jogos, histórias de heróis são recontadas e as pessoas têm a chance de desfrutar da última das grandes festividades antes do inverno chegar. Também é um tempo em que as leis comuns deste mundo são suspensas – espíritos podem voltar para o mundo dos vivos e estes podem visitar o reino dos mortos. Os celtas acreditam que o Samhain acontece fora do tempo normal, o que permite que os montes encantados se abram (ver p. 58-59) e os seres humanos empreendam aventuras estranhas e maravilhosas. Contos acerca dessas façanhas refletem rituais realizados durante esse período sagrado, quando seres místicos e ancestrais são evocados e os espíritos adquirem todo o seu poder. De acordo com as

O fogo era uma parte importante das festividades tanto em Samhain ("Fim de Verão") quanto em Beltane ("Fogo Brilhante"). Na noite de Samhain, o fogo doméstico era coberto, para que os espíritos não pudessem entrar na casa e afligir seus moradores. As fogueiras de Beltane espantavam os últimos resquícios do inverno e antecipavam a chegada do crescimento, do calor e da luz. As cinzas dessas fogueiras eram utilizadas como poderosos amuletos contra doenças.

A Sabedoria das Estações

O Sol e a Terra

A ligação celta entre o Sol e a Terra se reflete na metáfora mitológica que retrata a união entre um casal primordial: uma divindade associada ao poder solar e uma deusa terrena ligada à água. O deus Sucellos, que significa "O Que Golpeia Bem", segura com uma mão um martelo de cabeça dupla com o qual ele amacia a terra (o degelo que o Sol provoca na terra congelada) e traz de volta a vida. Na outra mão, ele carrega um pote para coletar os frutos do seu trabalho. Essa figura era notavelmente popular nas regiões viticultoras. Sua consorte era a divindade feminina Nantosuelta, cujo nome significa "Fonte" e se refere à metáfora complementar da água como fonte da vida. A troca das estações se deve à interação entre essas duas forças essenciais à vida.

antigas histórias, essa é a época em que os malévolos fomorianos, uma raça de gigantes deformados, cobram seu tributo, que consiste em dois terços de toda a produção da Irlanda. É também o tempo em que Aillen mac Midna faz seu assalto anual a Tara, a corte irlandesa, queimando-a até os alicerces (ver p. 64). O fato de até mesmo deuses e heróis celtas só vencerem essas forças com muita dificuldade faz de Samhain um tempo de reflexão e também de festas e prazer.

O segundo maior festival do ciclo celta, o Imbolc ("a época da ordenha") é celebrado no início de fevereiro e coincide com a estação do nascimento dos cordeiros e novilhos. Para os celtas, portanto, essa é a época de preparação para uma nova estação de cultivo da terra e criação de animais. Depois da difusão do Cristianismo, a celebra-

A PORCA PRETA

Na tradição celta, a ferocidade dos javalis faz deles símbolos naturais da guerra. Além disso, esses animais têm propriedades mágicas e uma ligação com o Outro Mundo. Ainda hoje uma porca preta caracteriza um costume antigo seguido em Gales, no Calan Gaeaf, o início de fevereiro. Quando escurece o dia, fogueiras são acesas no alto das colinas em todos os distritos, acompanhadas de trompas e danças. As pessoas saltam fogueiras, atirando nelas uma pedra durante o salto. Quando o fogo se extingue, todos correm para casa, fugindo do misterioso espírito *Hwch ddu cwta*. Enquanto se afastam às pressas das chamas que se apagam, repetem aos brados a rima: "que cada um tente ser o primeiro e deixe para trás a porca preta sem rabo!" Se, ao voltar na manhã seguinte, eles conseguirem encontrar as pedras que atiraram, isso indica que terão prosperidade no ano seguinte.

ção do Imbolc também se tornou a festa de Saint Brighid (Santa Brígida), que protege os animais de fazenda e as colheitas, além de controlar o clima. Seus poderes são demonstrados na seguinte história: um dia, depois de lavar a roupa, Brighid as estende para secar sob um raio de sol, que se mantém ali até que as roupas sequem. O clima, durante o Imbolc, pressagia como será a estação seguinte. Por exemplo, na Ilha de Man, o bom tempo às vezes significa que as colheitas serão precárias, e o tempo ruim é um indício de fartura nas colheitas. Esses paradoxos são uma das características mais fascinantes da sabedoria celta.

Beltane, que significa "Fogo Brilhante", é celebrado no Calan Mai (Dia de Maio) – o início do verão, uma época que, para os poetas, é "a estação mais bela". Nessa festividade, os celtas fazem grandes fogueiras e conduzem seu rebanho por entre elas, entoando encantamentos para proteger os animais das doenças. Beltane é outra época em que os véus entre o mundo dos vivos e o dos mortos se rompem; no entanto, os espí-

O festival do Imbolc ("época da ordenha"), no início de fevereiro, inaugura o período em que os animais dão cria e a terra é semeada. Velas são acesas nos celeiros e currais para dar sorte. As famílias que afirmam ser descendentes dos encantados acreditam que, se houver uma rês de pelo malhado e orelhas vermelhas ou toda branca em seu rebanho no Imbolc, os encantados as favorecerão – a prosperidade está garantida, principalmente nos currais das vacas leiteiras.

ritos que fazem visitas nessa época do ano são mais gentis do que aqueles que aparecem no Samhain. A luz que se sobrepõe às trevas é o tema predominante no imaginário que cerca Beltane, e é expresso, como muitas vezes acontece na tradição celta, como uma batalha entre opostos. Gwynn ap Nudd (cujo nome é uma referência à "luz"), rei do Outro Mundo, sequestra a noiva Gwythyr ap Gwreidawl, nas vésperas do casamento. Os rivais são forçados a lutar entre si a cada Calan Mai, até o final dos tempos, quando o ganhador finalmente conquistará a mão da donzela. Evidentemente, o conto tem uma dimensão pungente, pois tudo é em vão – no fim dos tempos o ganhador não sobreviverá para desfrutar o amor da dama.

Lughnasa, um festival celebrado originalmente para festejar as colheitas, ocorre no início de agosto. Em tempos cristãos, ele se tornou conhecido como Lammas. Por tradição, as celebrações se iniciam duas semanas antes da data do festival propriamente dito e se prolongam por mais duas semanas. É um período de festas e muita folia. Jogos são disputados – jogos de bola e *fidchell* (um tipo de xadrez celta) são particularmente populares.

Lughnasa é também o festival do deus Lugh, estreitamente associado ao ciclo da agricultura. Quando o tirano Balor, rei dos fomorianos, descobriu que o filho de sua filha provocaria a sua morte, ele a aprisionou numa torre distante. Apesar das precauções de Balor, o bebê Lugh nasceu e, posteriormente, uniu-se a uma raça de guerreiros divinos, os Tuatha De Danann (Povo da Deusa Danu), na sua batalha contra Balor. Lugh, um grande mago, guerreiro, harpista, poeta e artesão, era o único que podia matar Balor, cujo maligno olho vermelho destruía tudo o que fitava, como o Sol causticante que resseca as plantações. O poder do olho de Balor, que secava, queimava e finalmente incendiava tudo o que via – aumentava cada vez que uma das suas sete pálpebras era retirada. Lugh acabou cegando o olho com um tiro de estilingue; atirou uma pedra com tanta força que o olho de Balor saiu por trás da cabeça, voltando seu olhar fatal para as próprias tropas do tirano. Desse modo, Lugh subjugou o poder destrutivo da natureza e protegeu as colheitas. Ele se tornou rei e a prosperidade voltou a reinar depois de uma longa época de aridez.

A estrada de Gwydion

Como muitos povos antigos, os celtas tinham consciência de que as estações do ano influenciavam as colheitas. Assim como o Sol e a Lua, os celtas também veneravam as estrelas, que às vezes eram chamadas de "corte de Don" (O Senhor dos Mortos) e eram consideradas importantes divindades ancestrais. O mais poderoso de todos os filhos de Don era o mago Gwydion. Ele criou uma mulher a partir das flores para ser a esposa do seu filho, mas ela matou o marido. O pai pesaroso então criou a Via Láctea, uma estrada que levava ao céu, para encontrar o filho assassinado.

O Ciclo da Natureza

O SOL E A LUA

Num mundo devastado pela guerra, o Sol e a Lua representam constantes que trazem um certo conforto. Durante o século XIX, Alexander Carmichael viajou pelas terras altas e ilhas escocesas com a intenção de coletar e adaptar canções e histórias tradicionais que transmitissem o espírito celta.

O Sol
"Seja bem-vindo, Sol das estações, enquanto viajas lá no alto do céu;
Teus passos são fortes em teu voo nas alturas,
Tu és a mãe gloriosa das estrelas.

Tu te deitas no oceano sem fim
Sem perda e sem medo. Tu te levantas na onda pacífica
Como uma jovem rainha no esplendor da beleza.

Glória a ti, sol da boa fortuna.
Glória a ti, sol, semblante do Deus dos Elementos."

A Lua
"Quando vejo a Lua nova,
Sinto que é hora de lançar meu feitiço;
Sinto que é hora de louvar o Deus dos Elementos
Pela sua benevolência e Bondade.

Que a lua das luas continue surgindo entre nuvens espessas,
Sobre mim e sobre todas as mulheres –
Entre lágrimas de pesar.

Vendo tudo quanto passaram um homem e uma mulher,
Ao atravessar o rio negro do abismo,
Desde a última vez que o seu semblante brilhou para mim, nova lua das colheitas."

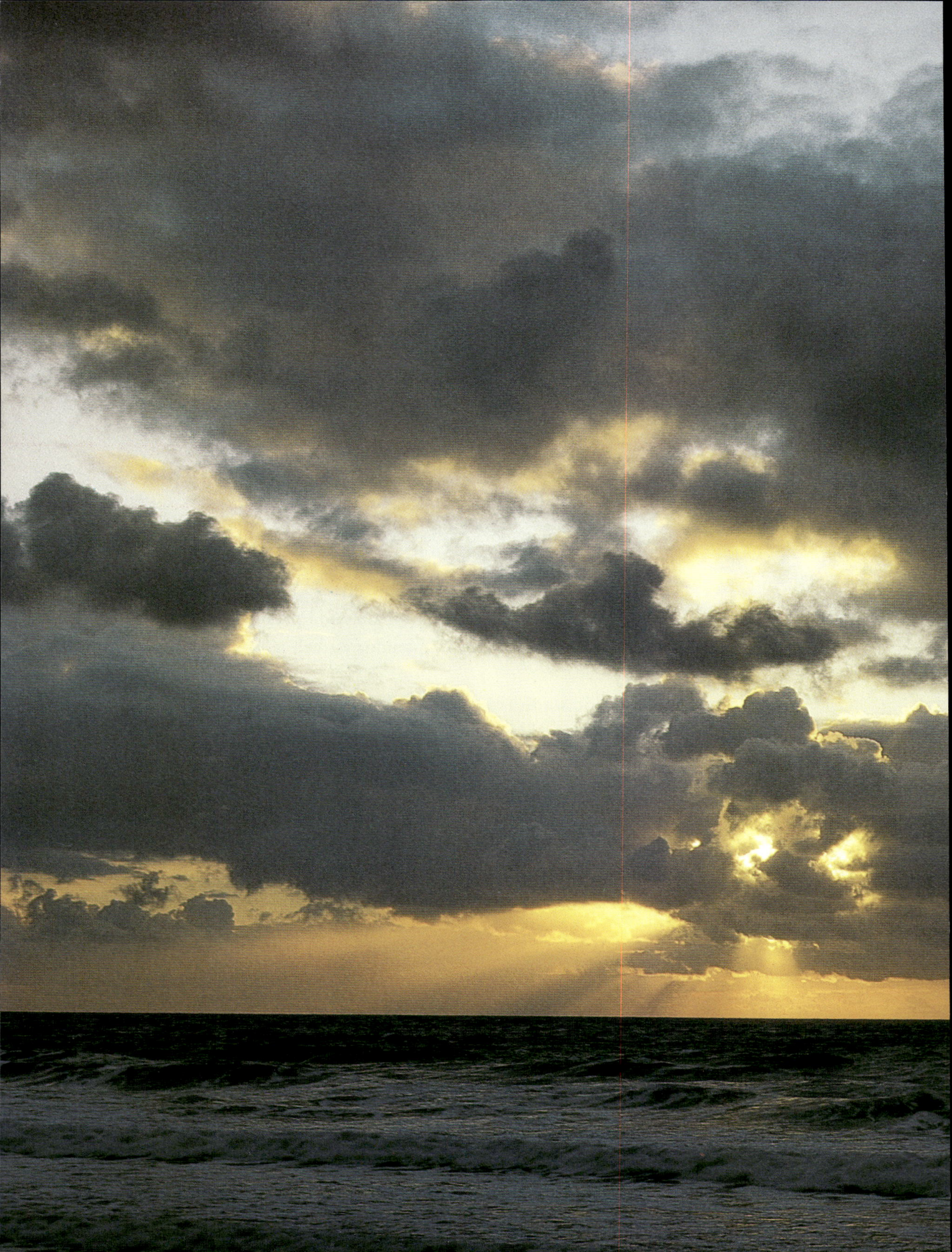

ECOS DO OUTRO MUNDO

O Outro Mundo celta é uma dimensão estranha e sobrenatural onde não vigoram as leis terrenas de tempo e espaço. No Outro Mundo está a terra dos mortos, o reino dos deuses, as ilhas ocidentais dos mitos e lendas, o reino submarino e as colinas dos encantados. Os seres humanos que se arriscam a se aventurar por esse território correm grande perigo, mas aqueles que descobrem nessa busca suas virtudes inatas voltam dotados de poderes sobrenaturais, sabedoria especial ou presentes mágicos.

AS ILHAS DO OUTRO MUNDO

Os celtas acreditavam na existência de uma ilha misteriosa, ou um arquipélago, que ficava a oeste, onde o sol se punha. Ali, as regras da realidade diária eram suspensas e substituídas por um regime utópico onde tudo era possível. Há versões variadas desse reino paradisíaco. Por exemplo, os pássaros cantam sem cessar, as mulheres têm uma beleza estonteante e o povo não envelhece nem morre.

De acordo com os cronistas celtas, um dos lugares mais inacessíveis aos viajantes mortais era a versão do Outro Mundo chamada Tir na n'Og – o "País da Juventude". Em sua descrição do mosteiro da ilha de Bardsey (na costa norte de Gales), Gerald de Gales apresenta uma variação menos extravagante dessa ideia, dizendo que a qualidade de vida ali era tão boa que desafia nossa credulidade. Não se conhece o sofrimento. Os monges vivem uma vida de contentamento, só morrem em idade avançada e passam para a outra vida na mesma ordem em que nasceram; os mais jovens nunca morrem antes dos mais velhos.

A Viagem de Bran, uma história *imram* (ver pp. 66-69) que relata uma viagem para o Outro Mundo, é um exemplo cativante dos mais fantásticos paraísos que a imaginação celta pode criar – um paraíso que oferece experiências fabulosas, mas com muitas armadilhas e enganos.

Um belo dia, aparece na corte de Bran uma linda mulher que canta para ele uma canção sobre "três vezes cinquenta" ilhas distantes. Ela se refere a uma, em particular, onde a tristeza, a falsidade e a morte não são conhecidas. Ela

Feita de ouro maciço, esta miniatura de barco provavelmente representa o tipo de embarcação que os celtas irlandeses imaginavam navegando para as Ilhas dos Abençoados. Parte de uma coleção de objetos preciosos, este barco pode ser uma oferenda a uma divindade marinha, como Manannan mac Lir (ver quadro da p. 50), para a proteção de marinheiros em uma longa jornada por mar.

As Ilhas do Outro Mundo

SÁBIOS DO OCIDENTE

Uma peça teatral galesa do século XVI, escrita para celebrar o festival cristão da Epifania, dá destaque aos três sábios que levaram ouro, mirra e olíbano de presente para o menino Jesus. No simbolismo cristão, os presentes representam o reinado, a sabedoria e o poder sobre a morte – todos eles temas essencialmente importantes para os celtas. Existe, porém, uma diferença significativa nessa peça: os sábios não vêm do oriente, mas do ocidente, a terra mística da sabedoria e do conhecimento, conhecida como o Outro Mundo.

exorta Bran a navegar até lá e depois desaparece. Determinado a encontrar essa ilha especialíssima, ele embarca em seu navio e se lança ao mar com três tripulações, de nove homens cada uma. A primeira terra que os homens avistam é a Ilha da Alegria, onde desembarca um dos homens de Bran. De longe, a ilha parece um lugar muito feliz, mas o riso dos habitantes é desprovido de alegria. Uma vez em terra firme, o companheiro de Bran não consegue voltar para o barco e é condenado a ficar ali para sempre. Os outros viajantes continuam navegando até chegar a uma segunda ilha: a lendária Ilha das Mulheres. Uma das mulheres lhes grita boas-vindas e atira no navio

O POVO DAS ILHAS

Em certas ilhas dos mares tempestuosos que cercam a Escócia, vive o *fin-folk* (o povo barbatana). Esses estranhos seres, nem sereias nem seres humanos, têm o poder de ver o futuro.

Às vezes o *fin-folk* convida amigos humanos para visitar suas ilhas, lugar de prósperas fazendas e muitos rebanhos. Em outras ocasiões, eles são pegos nas redes dos pescadores e arrastados para terra, onde passam a viver entre os seres humanos. Como pode prever o destino humano, o povo da barbatana chora nos nascimentos e batizados e ri nos funerais.

Eles, contudo, não ficam por muito tempo entre seus hóspedes humanos, e muitas vezes acabam voltando para casa com a ajuda dos pescadores. Quando se aproximam de casa, avisam seus parentes de sua iminente chegada. Depois dessas missões de reabilitação, os pescadores que os levam para casa jamais encontram essas ilhas outra vez.

As Ilhas do Outro Mundo

um novelo que se prende magicamente à mão de Bran e permite que ela puxe o barco e o aproxime da costa. Eles então descobrem que ela é a mesma mulher que antes louvara os prazeres da ilha na corte de Bran, e o motivo que a levou a atraí-lo para a ilha é o amor. Bran e a mulher com poderes mágicos se tornam amantes e ele e seus homens vivem satisfeitos ali por muitos anos. A terra satisfaz todos os seus desejos: lindas mulheres, leitos macios, comida abundante, verão perpétuo, um esplêndido palácio e todo luxo imaginável. Mas, com o tempo, os homens começam a ter saudade de casa e decidem regressar. A amante sobrenatural de Bran implora que ele fique, mas ele se recusa. Ao ver que ele estava irredutível, ela desiste de persuadi-lo, mas o avisa para que não pise mais em solo irlandês. Bran e os homens se lançam mais uma vez ao mar.

Quando se aproximam da Irlanda, os viajantes recém-chegados anunciam às pessoas que os esperam na costa que Bran, filho de Febal, tinha voltado. Mas nenhuma delas se lembra de tal nome, embora de fato se recordem de uma história sobre "Bran, o remador". Um dos homens saudosos está eufórico por voltar para casa e logo salta do barco. No entanto, tão logo seus pés tocam a terra, ele se desintegra em cinzas. Bran então compreende o verdadeiro significado do aviso da amante. Sem desembarcar, ele narra à sua plateia as experiências de suas viagens. Então Bran e o restante dos seus companheiros saem novamente em seu barco, e desse dia em diante nunca mais são vistos.

Bran não só contou as histórias de suas viagens (ver acima), como também as escreveu usando um alfabeto chamado "ogham", para que a sabedoria adquirida em suas viagens nunca se perdesse. O ogham é a mais antiga escrita celta que se conhece, datando do século IV ou V EC. Inscrito em rochas verticais em muitas partes da Irlanda, da Escócia, da Ilha de Man e do País de Gales, o alfabeto se escreve com um sistema de entalhes e ranhuras que representam letras. Embora na verdade se baseie no alfabeto latino, alguns acreditavam que o ogham era a escrita mágica dos druidas.

IMPOSSIBILIDADES

Os jovens que desejam se casar com uma mulher nascida em berço de ouro ou com poderes sobrenaturais só podem confiar nos seus próprios méritos; muitas vezes, são incumbidos de realizar tarefas aparentemente impossíveis no Outro Mundo. Essas tarefas não estão necessariamente acima da capacidade deles, por isso são oportunidades para que demonstrem inteligência, criatividade e bravura, como ilustram as histórias a seguir.

Ysbaddaden, chefe dos gigantes no Outro Mundo, tem uma linda filha. O jovem herói Culhwch quer a mão da moça em casamento, mas para isso precisa primeiro cumprir uma série de tarefas designadas por Ysbaddaden, todas aparentemente impossíveis. Por sorte, Culhwch conta com aliados muito bem dispostos e com uma ampla gama de talentos. Uma das tarefas é confeccionar o véu de noiva da moça, mas ele precisa ser feito do linho colhido num campo determinado e antes do final de um certo dia. Vem em seu auxílio uma colônia de formigas, cujo formigueiro fora salvo do fogo por um dos companheiros de Culhwch. Quando parece que tudo está perdido e o tempo vai acabar antes da conclusão da tarefa, aparece uma formiguinha antes do cair da noite, que transporta mancando o último talo de linho.

Em outra história, um jovem pobre pede a mão da filha do rei da Irlanda, que já está comprometida com um príncipe covarde. O rei concorda, com a condição de que o pretendente entre no Outro Mundo e faça o triste *gruagach* (ogro) rir novamente. Essa é uma tarefa aparentemente impossível que, aos olhos do rei, poupará a filha de se casar com alguém de classe inferior. Disfarçado de vaqueiro, o pretendente passa a servir o ogro e um dia corta a cabeça de três gigantes que tentam roubar suas reses. Agradecido, o ogro conta ao jovem que, uma vez, ele e seus doze irmãos passaram a noite no castelo de um gigante. Nessa ocasião, o gigante lhes perguntou se preferiam talheres de madeira ou de ferro. Eles escolheram os de ferro e não receberam nenhuma comida. Mais tarde, o gigante perguntou se queriam aros de madeira ou de ferro, e escolheram o ferro outra vez. Dessa vez o gigante estrangulou os irmãos com os aros de metal e depois lhes cortou a cabeça. Desde aquele dia, nunca mais se ouviu o riso do ogro. Depois de ouvir essa triste história, o jovem decide ir ao castelo do gigante, onde lhe pedem para fazer as mesmas escolhas. Ele opta sempre pela madeira, obrigando o gigante a trazer os irmãos do ogro de volta à vida. Tão logo vê os irmãos, o ogro começa a rir alto, deliciado. O jovem volta a procurar o rei com a notícia de que tinha cumprido a tarefa. Percebendo que um pobretão corajoso seria melhor marido para a princesa do que um príncipe covarde, o rei deixa que o jovem casal se case – ele tinha aprendido uma lição de moral (refletida no conto pela escolha do material aparentemente inferior, a madeira).

JASCONIUS, A BALEIA

Uma das muitas aventuras assombrosas da viagem de São Brendan (ver p. 69) e seus monges é a do encontro com uma criatura marinha chamada Jasconius. Os monges desembarcam numa ilha onde pegam lenha para fazer uma fogueira. Logo, porém, a ilha começa a estremecer e sacudir a tal ponto que os monges resolvem voltar para o barco. Sem saber que estavam perturbando a baleia Jasconius, que dormia na superfície do oceano há tanto tempo que plantas tinham crescido em suas costas. São Brendan acalma o animal com um sermão sobre a natureza do céu e da terra, e Jasconius afavelmente reconhece o poder de Deus antes de mergulhar nas profundezas do oceano, deixando que os monges continuem sua jornada intactos.

VÉUS DE ILUSÃO

Para ter acesso ao Outro Mundo, os viajantes têm de rasgar o véu da realidade diária e penetrar numa dimensão desconhecida. Às vezes, esse véu é uma neblina ou portal na entrada de uma caverna; outras vezes é a superfície do oceano, em cujas profundezas há uma terra maravilhosa (ver p. 50). Esse tema de aparências enganosas atravessa o Outro Mundo como um veio de prata na face de uma rocha. Ilusões existem em toda parte, e representam um grande perigo. Às vezes, o mundo sobrenatural prevalece, e as ilusões se revelam armadilhas e os viajantes não retornam; às vezes eles voltam em segurança, trazendo até objetos preciosos com propriedades mágicas.

Uma das formas mais comuns de ilusão no Outro Mundo é o fenômeno da metamorfose, que em muitas histórias se dá quando uma verdade grotesca é finalmente revelada por trás do seu refinamento ilusório. Uma vez, um jovem nobre se apaixonou por uma linda donzela, Melusine, que concordou em se casar com ele com uma condição: que ele nunca a olhasse se banhando. O casamento deles foi abençoado com muitos filhos, mas um dia o homem não pode mais resistir e espiou Melusine no banho. Horrorizado, ele viu que a bela esposa tinha se transformado numa serpente marinha, com asas escamosas e uma cauda. Ao perceber que tinha sido descoberta, Melusine gritou e voou para longe. O marido nunca mais a viu, mas as amas das crianças contaram que uma figura fantasmagórica com cauda de serpente aparecia perto da cama delas todas as noites. Desde esse dia, os gritos de Melusine são às vezes ouvidos antes da morte de alguém da família.

Como mostra um conto sobre Annwn, o Outro Mundo galês, a metamorfose também pode ser instrumento de um teste moral. Arawn, rei de Annwn, pede a ajuda de Pwyll, o jovem príncipe de Dyfed, para matar um monstro que só podia ser morto por um ser humano valente e astuto. Para realizar essa façanha, um finge ser o outro. Arawn assume a aparência de Pwyll (de modo que o povo de Dyfed não saiba que seu senhor está ausente) e governa o reino com sabedoria enquanto o rei está ausente. Com a aparência do rei do Outro Mundo, Pwyll viaja a Annwn para assumir seu lugar ao lado da bela rainha. Ela, evidentemente, acredita que Pwyll é seu marido, mas, por lealdade a Arawn, Pwyll delicadamente impede os avanços dela. Ele então mostra grande coragem e mata o monstro. Quando os dois regentes assumem novamente a sua verdadeira identidade, Arawn percebe a extensão da bravura e da lealdade de Pwyll e o recompensa com o título de "Senhor de Annwn".

Pwyll podia ter se aproveitado da ilusão sobrenatural, mas resiste às tentações. Igual força de caráter demonstra São Collen na história a seguir. O perverso rei Gwynn ap Nudd convida o santo para visitar seu reino, que fica sob o Tor (colina) de Glastonbury.

A GUARDIÃ DO POÇO

Perdido no meio de uma floresta, Niall dos Nove Reféns e seus irmãos mais velhos decidem cozinhar o animal que acabam de caçar. O irmão mais velho sai em busca de água. Depois de um tempo chega a um poço, onde encontra uma velha bruxa que exige um beijo em troca da água doce e limpa do poço que ela guarda. Incapaz de pagar o preço exigido pela bruxa, o irmão mais velho volta de mãos vazias. Um por vez, todos os irmãos vão até o poço e rejeitam a barganha da bruxa, até só restar Niall. Ao contrário dos irmãos, Niall se mostra disposto a beijar a bruxa. Seu ato a transforma numa bela jovem, que lhe conta que seu nome é Soberania e que um dia ele será o rei supremo de Tara. Só um rei de verdade é capaz de ver a beleza interior.

MANANNAN MAC LIR E A TERRA SOB AS ONDAS

Manannan mac Lir, o deus do mar, desliza velozmente pelo seu reino aquático com sua carruagem, cruzando as ondas como se estivesse num campo de trigo. Seu corcel favorito chama-se Enbarr, que significa "espuma do mar". No entanto, os poetas chamam as cristas brancas das ondas de "cachos da esposa de Manannan". Quando Bran, filho de Febal, viajava por mar, Manannan saudou-o e lhe explicou que, debaixo do seu barco, invisível a olhos mortais, estava Mag Mell, uma terra de flores, bosques e frutos sumarentos.

Ele conta a Bran que havia oferecido aos Tuatha De Dannan presentes mágicos do seu reino no Outro Mundo. Entre os presentes havia uma "capa da ilusão", que tornava invisível quem a usasse; um suíno que voltava à vida toda vez que era morto e devorado; e o "banquete de Goibhniu", que mantinha as pessoas eternamente jovens.

Quando a metamorfa Melusine (ver p. 48) se banha, ela se transforma numa serpente marinha da cintura para baixo, com um rabo escamoso em forma de barbatana. Suas escamas provavelmente brilhavam com as mesmas propriedades iridescentes que este broche celta de esmalte, representando um cavalo marinho (século I EC). A palavra galesa para esse tom azul prateado é *glas*, que abrange todo o espectro de matizes azuis brilhantes que aparece quando um salmão salta num riacho ou quando a luz do sol incide na água.

Uma vez ali ele pergunta sua opinião sobre esplêndido salão, repleto de joias resplandecentes e mesas cobertas com as mais deliciosas iguarias. O santo, contudo, não se deixa enganar por essa ostentosa demonstração de riqueza. Em vez disso, asperge água benta no salão de Gwynn ap Nudd e descobre que a corte do impostor não passa de montinhos de terra cobertos de grama.

Alguns humanos acham impossível resistir às riquezas que o mundo sobrenatural pode oferecer. Uma noite, um cavalheiro bem vestido bate à porta de uma parteira, pedindo que ajude a esposa, que está em trabalho de parto. Juntos, o homem e a parteira partem a cavalo na escuridão da noite até chegar a um cômodo magnífico, onde uma mulher está dando à luz. A parteira logo percebe que não se trata de um lugar comum e que o bebê pertence ao reino dos encantados. Mas como os encantados muitas vezes solicitam os serviços de uma parteira para dar à luz seus filhos e as recompensam generosamente, a parteira dispõe-se a ajudá-la. Depois do nascimento, o pai pede a ela para massagear a criança com um unguento, mas, enquanto cumpre a tarefa, ela toca o próprio olho por acidente. De repente, o elegante aposento se transforma numa caverna escura, mas a mulher não diz nada e vai embora com seu pagamento. Tempos depois, ao encontrar casualmente o homem, ela pergunta como vão a mãe e o bebê. O homem responde com cortesia, mas então pergunta como ela consegue vê-lo. Precipitadamente, ela aponta o próprio olho e pede ao homem que o remova para que ela nunca mais possa ver encantados novamente.

Ecos do Outro Mundo

CRIATURAS MÍSTICAS

Mais do que ser uma fonte de alimento, vestuário e transporte, os animais tinham um profundo significado espiritual para os celtas. Acreditava-se que muitas criaturas irracionais tinham poderes sobrenaturais ou uma sabedoria especial, sendo capazes de circular livremente entre o reino terreno e o Outro Mundo.

No folclore celta, embora o javali seja muitas vezes o símbolo do herói, é a carne do porco que proporciona a sua comida. Em muitas festividades do Outro Mundo, leitões são abatidos e servidos, e depois voltam à vida, proporcionando um suprimento inesgotável de comida. Qualquer disputa por causa desses porcos mágicos pode trazer terríveis consequências. Arawn, rei de Annwn, oferece vários deles a Pwyll de Dyfed, como recompensa por derrotar um monstro (ver pp. 48-49). A criação desses animais fica a cargo do filho de Pwyll, Pryderi. Quando o mago Gwydion os pede de presente, Pryderi se vê num dilema: ele deve entregar os animais a Gwydion, correndo o risco de ofender Arawn? Para persuadir Pryderi a lhe dar os porcos, o astuto Gwydion conjura cavalos e cães de caça para trocar por eles. Pryderi concorda com a troca, mas o resultado é desastroso: os presentes de Gwydion transformam-se novamente em relva, cogumelos, restos de navio e detritos, dos quais ele tinha, desonestamente, criado os presentes. Pryderi então declara guerra à família de Gwydion.

A lealdade dos cães faz deles os mais queridos dos animais domésticos, mas eles são também um símbolo de cura e muitas vezes associados ao Outro Mundo. O cão do rei Arthur, Cabell, grande como um cavalo, deixou, certa ocasião, pegadas numa pedra e essa foi colocada sobre um monte de pedras. Se alguém tirar a pedra dali durante o dia, ele reaparece, num passe de mágica, sobre o monte de pedras novamente pela manhã.

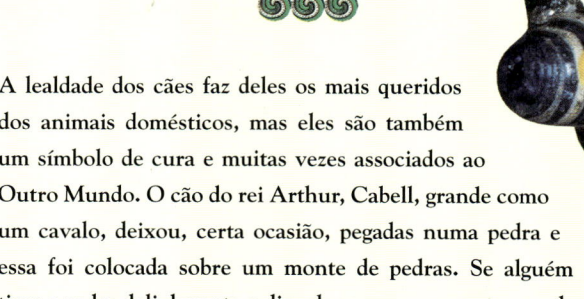

A caça de Twrch Trwyth

No conto galês de *Culhwch e Olwen*, os exércitos do rei se reúnem para caçar Twrch Trwyth, um javali que em outros tempos fora um rei, pois tinha roubado dois objetos tidos como talismãs: um pente e uma tesoura de tosquia. Eles encontram, na Irlanda, o javali e sete porcos que o acompanham. Arthur e seus homens perseguem os porcos por mar até chegar a Gales, e os atacam, até que só reste Twrch Trwyth. Eles o perseguem até a Cornualha, onde finalmente conseguem recuperar os objetos mágicos e jogam o javali no mar.

Como os javalis e os porcos, os cervos também são associados aos heróis, e também servem como mensageiros ou chamarizes do Outro Mundo. Para conseguir a ajuda de Pwyll, o rei Arawn envia seus cães para caçar um cervo do Outro Mundo num dia em que Pwyll também está caçando. Quando os cães de Pwyll começam a perseguir um cervo pelos bosques de Glyn Cuch, seu mestre os segue e se depara com a comitiva de caça do rei Arawn. Desse modo o cervo do Outro Mundo promove o encontro entre os dois reis.

O deus da natureza Cernunnos (ver p. 26) tem chifres de cervo e um cervo é sua companhia constante. Esse deus representa o ciclo eterno da natureza, que se reflete na queda e crescimento sazonais dos chifres dos cervos. O simbolismo do cervo se conservou mesmo depois que os celtas se converteram ao Cristianismo: em alguns manuscritos medievais, o simbolismo regenerativo desse animal se transformou numa metáfora da morte e da ressurreição de Cristo.

Pelo fato de trocar de pele, as cobras também são associadas à ideia de regeneração. Cernunnos é muitas vezes retratado segurando uma cobra. Essa criatura é também relacionada à aquisição de conhecimento de caráter sobrenatural. Com o surgimento do Cristianismo, outras associações mais negativas começam a aparecer. Por exemplo, o cronista galês Walter Map menciona a história de um ermitão que, certa manhã, encontra uma pequena serpente do lado de fora da sua cela. O religioso se apieda da criatura e lhe dá um pouco de leite. Ele a mantém sob seus cuidados, oferecendo-lhe

O FILHO DO CERVO

Oisin (nome que significa "pequeno gamo"), filho de Finn mac Cumhaill, é um dos mais importantes heróis irlandeses. Existem diferentes versões da sua concepção e nascimento. Em uma delas, sua mãe é uma mulher do Outro Mundo que visita Finn na forma de uma corça, para fazê-lo entrar na floresta e seduzi-lo. Mas em outra versão, a mãe de Oisin é a esposa de Finn. Um dia, enquanto o marido estava fora, um mago das trevas a transforma em corça. Ela foge para a floresta, onde dá à luz um bebê humano. Vários anos depois, quando Finn está caçando na mesma floresta, seus cães farejam um cervo. Quando Finn segue o rastro do animal, encontra um garotinho que diz que foi criado por esses animais. Finn reconhece o garoto como o filho da esposa e dá a ele o nome de Oisin.

alimento e abrigo, como se fosse seu animal de estimação. No entanto, a cobra cresce e fica tão grande que ameaça destruir a cela do ermitão. Por fim, ele reza a Deus pedindo ajuda e a imensa criatura volta para o lago de onde veio. Deus atendeu às preces do homem santo como recompensa pela sua bondade.

Um dos animais mais reverenciados é o cavalo. Muitas vezes retratados puxando as carruagens de guerra celtas, os cavalos são muito admirados pela sua elegância e também pela sua força. O temperamento do cavalo (tranquilo e diligente) é também muito apreciado. Para não subjugar a natureza de um garanhão enquanto está sendo domado, os druidas recitavam um encantamento secreto em sua mão direita e depois a esfregavam na garupa desse animal.

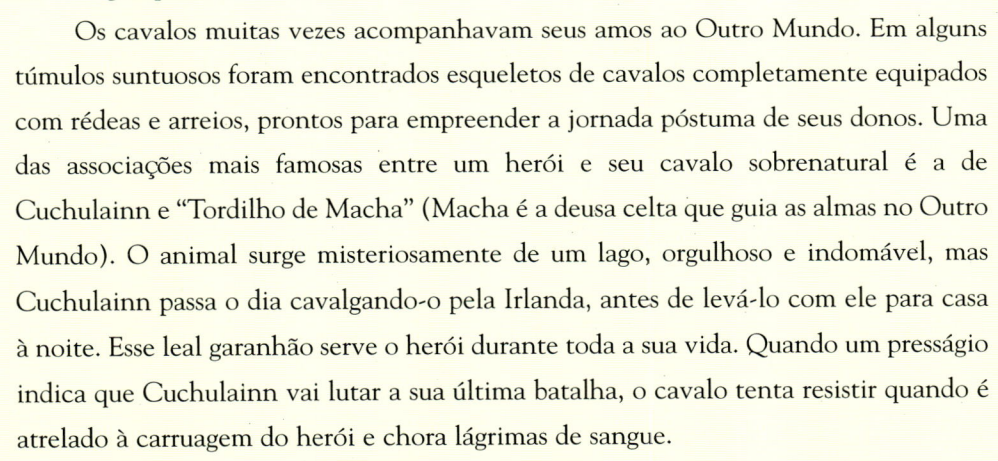

Os cavalos muitas vezes acompanhavam seus amos ao Outro Mundo. Em alguns túmulos suntuosos foram encontrados esqueletos de cavalos completamente equipados com rédeas e arreios, prontos para empreender a jornada póstuma de seus donos. Uma das associações mais famosas entre um herói e seu cavalo sobrenatural é a de Cuchulainn e "Tordilho de Macha" (Macha é a deusa celta que guia as almas no Outro Mundo). O animal surge misteriosamente de um lago, orgulhoso e indomável, mas Cuchulainn passa o dia cavalgando-o pela Irlanda, antes de levá-lo com ele para casa à noite. Esse leal garanhão serve o herói durante toda a sua vida. Quando um presságio indica que Cuchulainn vai lutar a sua última batalha, o cavalo tenta resistir quando é atrelado à carruagem do herói e chora lágrimas de sangue.

Outros animais são associados à magia e à divinação. Júlio César, ao comentar sobre o caráter sagrado que os galos, os gansos e as lebres tinham para os celtas, observa que nenhuma dessas criaturas lhes servia de alimento, por causa de suas associações sagradas. Podia-se prever o resultado de uma batalha iminente observando o caminho que uma lebre fazia depois de libertada do seu cativeiro. Com uma tradição semelhante em mente, Boudicca, a impetuosa rainha dos icenos, solta uma lebre em oferenda à deusa Andraste, antes de lutar contra as forças romanas perto de Colchester, em 60 EC. A deusa parece atender às preces do seu povo aquele dia, pois os icenos obtêm uma grande vitória sobre o inimigo.

TALISMÃS DE PODER

Muitas histórias celtas nos contam sobre objetos valiosos com poderes mágicos, e esses objetos podem ter servido de inspiração para as esplêndidas obras do artesanato celta. Talvez os celtas acreditassem que a própria beleza tinha algo de sobrenatural. Talismãs com entalhes delicados, de vários formatos e tamanhos, aparecem em inumeráveis histórias de perigo e aventura, especialmente que relatam excursões ao Outro Mundo cuja finalidade é justamente buscar esses talismãs. No entanto, aqueles que cobiçam um objeto de grande beleza devem se precaver, pois na maioria dos casos só os bons e verdadeiros podem se beneficiar do poder desses objetos, e aqueles que são astutos ou desonestos no final acabam de mãos vazias. Dizem que o mago Merlin mantinha em segredo treze talismãs de poder – uma descrição de suas propriedades especiais e dos nomes de seus proprietários pode ser encontrada em certas recitações poéticas (ver página ao lado).

Um dos mais conhecidos talismãs é a poderosa espada Excalibur, oferecida a Arthur, rei inglês, pela mágica Dama do Lago. A bela bainha da espada impedia que seu portador fosse ferido em batalha e, de acordo com o conto medieval galês *O Sonho de Rhonabwy*, a empunhadura da Excalibur havia entalhado um par de serpentes que pareciam vomitar fogo quando a arma era tirada da bainha.

Mesmo com a introdução do Cristianismo, os talismãs continuaram a ser grandes fontes de poder na sabedoria celta. Com o senso prático que os caracterizava, poetas e bardos contavam como artefatos que anteriormente demonstravam propriedades mágicas e pagãs passavam a adquirir um miraculoso poder sagrado. Afirmava-se, por exemplo, que muitos santos celtas carregavam um sino de ferro que, depois da morte do santo, era geralmente mantido num relicário decorado com pedras preciosas dispostas num intrincado desenho. O sino representava as capacidades extraordinárias do santo que o carregava e ele próprio tinha a capacidade de dar a vida ou a morte – por um lado curando doenças e até ressuscitando os mortos; por outro, adquirindo o poder de matar, quando em mãos erradas.

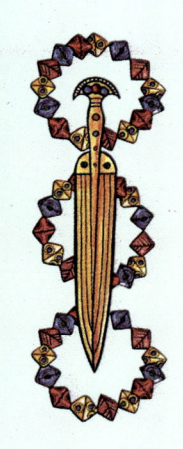

O TESOURO DE MERLIN

Os objetos a seguir fazem parte dos Tesouros da Ilha da Bretanha guardados por Merlin.

- *Punho-branco (White-hilt), a Espada de Rydderch, o Generoso*, que arde em chamas desde o cabo até a ponta quando um homem bem-nascido a tira da bainha.
- *O Chifre de Beber de Bran do Norte*, que serve qualquer bebida que um homem desejar.
- *O Caldeirão de Diwrnach, o Gigante*, que não cozinha carne para os covardes.
- *O Casaco de Padarn Red-Coat*, que só veste um homem bem-nascido.
- *O Manto de Tegau Golden Breast*, que cai até o chão em pregas perfeitas quando vestido por uma mulher de virtude perfeita.
- *O Jogo de Gwyddbwyll, que pertencia a Gwenddolau*, filho de Ceidio (e se parece com o jogo de xadrez moderno). Quando colocadas sobre o tabuleiro de ouro, as peças de prata se movimentam por conta própria.
- *O Cesto de Gwyddno Long Shank*, que provê alimento para uma centena de pessoas quando se coloca dentro dele alimento para uma pessoa apenas.
- *A Cadeira de Morgan, o Rico*, que transporta quem nela se senta para o lugar que a pessoa quiser.
- *A Pedra de Afiar de Tudwal Tudgyd*, que afia a espada de um homem valente, mas cega a espada de um covarde.
- *O Cabresto de Cludno Eiddyn*, que proporciona qualquer cavalo que se desejar.
- *A Faca de Llawfrodedd, o Cavaleiro*, que serve duas dúzias de cavaleiros à mesa.
- *O Prato de Rhygenydd, o Clérico*, que provê qualquer alimento que uma pessoa desejar.
- *O Anel de Eluned*, que a condessa Eluned deu a Owain ap Urien, e torna invisível quem o usa.

COLINAS DOS ENCANTADOS

De todas as entradas para o Outro Mundo, as colinas dos encantados são as mais misteriosas. Conhecidas como *sidh* (pronuncia-se "chi"), são antigos túmulos da paisagem celta, de onde saem fadas e seres encantados que raptam homens e mulheres de boa aparência, para levá-los ao Outro Mundo, um reino onde dor e sofrimento são desconhecidos, e música e festejos são ocupações constantes. Em noites de luar, cativos mortais podem ser vistos em espaços abertos dançando com as fadas ou cavalgando com elas na garupa. Ao anoitecer, em Beltane ou Samhain, os encantados são vistos por toda parte. Essa é a hora em que as pessoas podem resgatar um ente querido desaparecido no mundo desses seres, ao ver uma procissão de encantados passar por uma encruzilhada. Outra maneira de fazer isso é desfazer com uma faca de ferro um círculo de encantados enquanto dançam, fazendo os encantados fugir em pânico e libertando seus prisioneiros. O resgate precisa ocorrer antes de um ano e um dia a contar da data do rapto, pois aqueles que passam tempo demais no mundo dos encantados transformam-se em pó tão logo se alimentam de comida humana novamente. Depois de sequestradas pelos encantados, algumas pessoas se tornam poetas, profetas e videntes, embora alguns mortais voltem sem que se perceba neles nenhuma diferença perceptível.

As colinas dos encantados também podem ser a morada de antigas divindades celtas. Esse é o caso do poderoso Dagda, que reside em um grande túmulo em Newgrange, na Irlanda, e Gwynn ap Nudd, um rei do Outro Mundo que está sob o monte de Glastonbury, no sul da Inglaterra. Esses montes também são portais sagrados por meio dos quais os mortos iniciam sua jornada ao Outro Mundo. Os espíritos dos mortos permanecem nos montes por um determinado período de transição, enquanto se preparam para sua jornada. Em algumas noites do ano (ver pp. 32-37), os vivos, os mortos e os deuses podem circular livremente entre os dois mundos, utilizando os montes como passagens entre eles.

Só pessoas valentes ou bondosas podem viver felizes no Outro Mundo. Em certa ocasião, Fiachna mac Retach, senhor de um *sidh*, pede a um herói mortal para lutar contra um inimigo do Outro Mundo. Apresenta-se Loegaire, que derrota o inimigo de Fiachna. Como recompensa, Fiachna torna Loegaire regente adjunto do reino dos *sidh*. Loegaire também se casa com a filha de Fiachna, Der Greine (cujo nome significa "lágrima do sol"). Essa união simboliza a aliança entre os dois mundos. Loegaire tem passagem livre entre o reino dos mortais e o reino dos encantados, mas no fim tem que escolher entre voltar para a terra dos vivos ou permanecer com os encantados para sempre. Ele opta pelo mundo dos *sidh* e visita a Irlanda para se despedir. Quando seu pai tenta convencê-lo a ficar, Loegaire explica sua recusa com um longo poema: "Uma só noite nos *sidh* vale um reino terreno". Ele diz adeus e nunca mais é visto outra vez no mundo dos vivos.

Noites escuras do túmulo

Escritores clássicos manifestaram seu assombro com o costume dos poetas celtas de passar a noite perto do túmulo dos seus ancestrais ilustres. Bedd Taliesin, a sepultura do célebre bardo e profeta galês, era uma antiga tumba com vista para o estuário do rio Dovey, em Gales. Qualquer um que passe a noite sobre o túmulo do poeta desperta na manhã seguinte convertido em poeta ou volta enlouquecido. Os celtas veem a escuridão como a fonte de todo conhecimento, e o ambiente escuro do interior da tumba, reforçado pelo negrume da noite, era uma combinação considerada especialmente mágica.

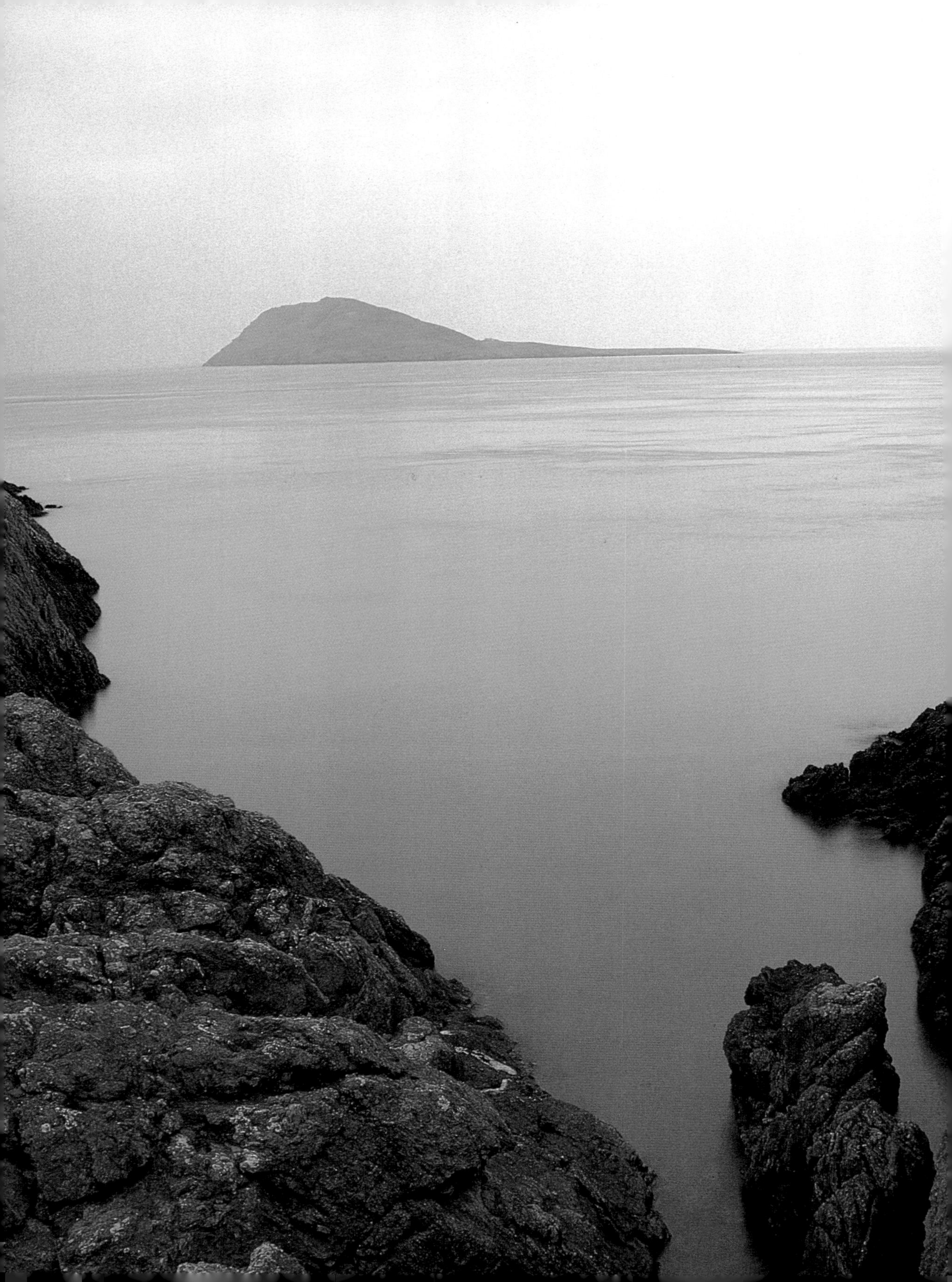

VIAGENS ENTRE OS REINOS

O avanço que fizemos, da inocência para o conhecimento ou da vingança para o perdão, se reflete nas jornadas dos heróis, que entre outras tarefas empreendem missões de resgate ou revanche e acabam por descobrir profundas verdades nas terras do Outro Mundo. Essas jornadas são odisseias da imaginação e também mergulhos no mundo interior. Neste capítulo, acompanhamos várias buscas épicas e viagens entre os mundos material e espiritual.

Viagens entre os Reinos

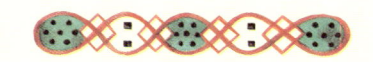

O LIMIAR DO OUTRO MUNDO

Os espíritos muitas vezes invadem a terra dos vivos e, para manter o equilíbrio entre os dois mundos, os seres humanos precisam às vezes viajar para o Outro Mundo. Existem muitas maneiras pelas quais os vivos podem entrar nos reinos do espírito e uma das mais diretas é cruzar o limiar entre a terra dos mortais e os reinos do sobrenatural, o local onde esses mundos se encontram ou se cruzam. Esses portais são encontrados tanto no centro quanto nos limites externos do mundo celta.

O cosmo celta irradia de um ponto em que os domínios humano e sobrenatural convergem. Júlio César conta que, numa certa época do ano, os druidas se encontravam num ponto central da Gália onde seria esse ponto de convergência. A localização podia ser um bosque sagrado – um dos lugares em que os druidas realizavam suas cerimônias e sacrifícios para aplacar a ira dos deuses e prever o futuro. Ou podia ser uma área aberta, como a Planície de Tara, em cujo centro fica a mágica Pedra de Fal, que grita quando o verdadeiro rei deve assumir o trono.

A visão da ordem cósmica altamente centralizada repercute na maneira pela qual as quatro províncias externas da antiga Irlanda – Connacht, Leinster, Munster e Ulster – se estendem do ponto mediano de Tara, na província central de Meath (que correspondem aproximadamente aos condados modernos de Meath e Westmeath). Como que ecoando esse padrão, no Festival de Tara, os reis das quatro províncias sentavam-se diante do Grande Rei, à direita, à esquerda e atrás dele, cercando-o assim com a segurança oferecida pela Irlanda e seus formidáveis guerreiros.

A tensão entre o cosmos e o caos assemelha-se a uma antiga forma de xadrez. No centro da Planície de Tara, ficam o rei e seus homens, como peças comandando o meio do tabuleiro. Ao redor deles estão as forças hostis. Assim como um jogador experiente pode ganhar o jogo por meio de uma combinação de sorte e perspicácia, os seres humanos

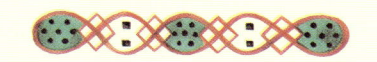

A LAVADEIRA DO RIO

Às vezes, antes da batalha, uma linda mulher do Outro Mundo é vista no vau de um rio, lavando as roupas daqueles que estão prestes a morrer. Um dia, o rei Owein Cwynedd vê essa mulher e seus cães rosnam furiosos. Deixando de lado sua tarefa, ela se aproxima do rei e explica que está condenada a lavar os que estão fazendo a transição para o Outro Mundo, até que tenha um filho de um rei mortal. O rei a liberta da maldição e dá ao lugar o nome de "Vau dos Latidos", pois foram os cães que sentiram a presença sobrenatural.

também podem sobreviver aos seus encontros com o sobrenatural confiando tanto nas próprias capacidades quanto no destino.

Os locais naturais onde o reino dos seres humanos e o do Outro Mundo se encontram têm características topográficas bem definidas. Fronteiras como rios os dividem, enquanto lagos e poços servem como uma passagem entre eles. Estruturas feitas pelo homem, como as muralhas de uma fortaleza, podem ser atacadas por forças sobrenaturais e também por mortais. Conn, Grande Rei de Tara, vigia as trincheiras da sua fortaleza diariamente, para evitar que o povo dos *sidh* ("colinas dos encantados") tome o forte de assalto.

O amor pela beleza levou os celtas a traduzir sua sabedoria em arte. Neste caso, as quatro linhas que saem do círculo pequeno, no centro dessa representação de um objeto em forma de colher, supostamente simbolizam as quatro províncias mais afastadas da Irlanda: Connacht, Leinster, Munster e Ulster – com Tara, a corte real, no centro, em Meath. Outra interpretação sugere que a decoração possa ser um símbolo dos banquetes do Grande Rei, nos quais os reis e nobres menos importantes sentavam-se em fileiras formais ao norte, sul, leste e oeste do rei. O uso exato de tais utensílios ainda é um mistério.

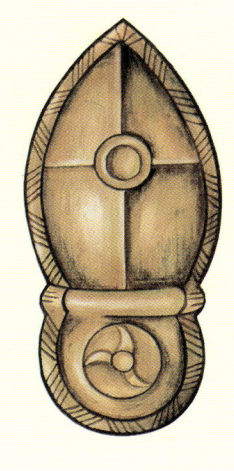

Barreiras e passagens entre os mundos, tanto naturais quanto artificiais, são mais vulneráveis em certas épocas do ano (ver pp. 32-37). As festividades de Tara ocorriam durante o Samhain, que também era a época em que Aillen Mac Midna, inimigo dos Tuatha De Danann, vinha do Outro Mundo para incendiar o trono real. Todo ano, durante nove anos, ele aterrorizou Tara, induzindo ao sono todos da corte com uma música mágica e, então, destruindo o palácio até os alicerces com seu sopro abrasador. Por fim, o Grande Rei de Tara pediu a voluntários para desafiarem Aillen, e o herói Finn Mac Cumhaill se prontificou a cumprir a tarefa. Finn ofereceu-se para montar guarda a noite toda em troca da satisfação de um desejo. O Grande Rei aceitou a oferta e deu a Finn uma lança mágica que o faria capaz de resistir à melodia entorpecente e matar o inimigo. Quando Aillen chegou, Finn derrotou-o facilmente com a lança, e seu desejo – tornar-se o líder dos Fianna, a elite dos exércitos da Irlanda – foi realizado.

Nas noites em que os espíritos estão à solta, os mais cautelosos ficam em casa com portas e janelas trancadas, com receio de qualquer contato com o sobrenatural e temerosos de que os encantados possam raptá-los. Mas os mais aventureiros, como Nera, um servo de Ailill de Connacht cuja história é contada na página ao lado, pôde aproveitar a oportunidade para entrar no Outro Mundo e aprender a sabedoria dos mortos. Outros viajantes humanos empreendem viagens por mar (ver pp. 66-69), com a intenção de chegar às lendárias ilhas do Outro Mundo, que ficam a oeste.

Nera e o homem morto

Na véspera de Samhain, no palácio real de Cruachan, Nera reuniu coragem para enfrentar um desafio do rei: aproximar-se de um homem morto, enforcado numa encruzilhada. O homem morto pediu a Nera para ajudá-lo a saciar sua sede. Depois de morto, ele só podia entrar numa casa em que tivesse livre acesso ao fogo e à água. Na primeira casa, ele se aproximou, mas o fogo estava coberto, impedindo-o de entrar. Na segunda casa, os recipientes de água estavam vazios. Mas, na terceira casa, o fogo estava descoberto e os recipientes de água estavam cheios, por isso o morto pode beber. Ele então instruiu Nera a entrar no Outro Mundo por meio de um monte *sidh*. Como recompensa por ajudar o morto, Nera descobriu que ele se tornara capaz de ver o futuro, e percebeu que o povo *sidh* planejava um ataque a Cruachan. Ele voltou para casa, carregando flores de fora da estação como prova da sua aventura no Outro Mundo, e avisou o rei, que conseguiu frustrar o ataque do povo *sidh*.

Viagens entre os Reinos

O ARQUIPÉLAGO ENCANTADO

O oceano Atlântico era um desafio formidável até para os intrépidos viajantes celtas. Os marinheiros celtas, no entanto, se aventuravam em mar aberto em seus *curraghs* (barcos de estrutura de madeira, cobertos de couro à prova d'água e próprios para o alto-mar. No gênero narrativo conhecido como *imram*, que significa literalmente "remação", detalhes verossímeis de jornadas reais de exploração são intercalados com as crendices e histórias fantásticas dos viajantes sobre o pós-morte, dando origem a fábulas intrincadas, características dos celtas irlandeses.

Todas as histórias *imrama* seguem um padrão semelhante. Um grupo de homens se lança numa viagem por mar, normalmente por uma das três razões a seguir. Podem ter a intenção de encontrar as místicas ilhas dos Abençoados – um grupo de ilhas do Outro Mundo que fica "a oeste". Ou a sua viagem pode ser uma penitência por violarem um *geas* – uma maldição que requer que os homens cumpram uma série de tarefas para quebrar o encantamento. Ou seu motivo para a viagem pode ser o desejo de buscar revanche por uma injustiça que sofreram – como na história de Mael Duin, cujos embates incluem as duas ilhas descritas na página ao lado. Compondo seu próprio Livro Celta dos Vivos e dos Mortos, as histórias *imrama* levam os viajantes a uma série de aventuras, cada qual representando uma oportunidade de aprendizado. Cada ilha tem uma característica peculiar. Em algumas delas, o ato de comer determinado fruto ou beber a água de algumas fontes pode matar, curar ou causar estranhas transformações. Em outras, os habitantes realizam uma única atividade obsessivamente. As leis da natureza nem sempre vigoram – por exemplo, monstros podem aparecer das profundezas do mar, o mar congela ou ganha vida, ou peixes saem de rios e lagos para falar com os viajantes humanos.

Esses encontros fantásticos são frequentes na história de Mael Duin. O herói parte da Irlanda por mar com guerreiros e seus três irmãos de criação, para procurar os homens perversos que tinham assassinado seu pai. Desviados do seu curso por um vento

Duas terras visitadas por Mael Duin

A Ilha do Preto e Branco tem uma cerca metálica que a separa ao meio. De um lado vive um rebanho de ovelhas brancas; do outro, um rebanho de ovelhas negras. Sempre que o pastor transfere uma ovelha de um lado para o outro, ela muda de cor – se é branca fica preta, se é preta fica branca. Isso reflete o modo como a realidade do dia a dia torna-se sobrenatural no Outro Mundo. Também é semelhante ao conceito chinês de yin e yang (dualidade entre feminino e masculino).

Na Ilha do Animal Girante, os animais correm mais rápido do que o pensamento, girando infatigavelmente em volta de si mesmos e mudando constantemente de uma espécie para outra – uma noção que lembra os poderes de metamorfose dos magos, como o de Taliesin (páginas 100-101) e dos xamãs de muitas culturas. Os celtas entendiam que o movimento é a realidade suprema: o fluxo dá significado à vida. Nas palavras de um filósofo grego, "Ninguém se banha no mesmo rio duas vezes".

forte, os viajantes descobrem que estão nos arredores das ilhas do Outro Mundo. Navegando de ilha em ilha, eles aos poucos aprendem as artes da temperança, da humildade e do perdão (e Duin acaba perdendo todos os três irmãos no percurso). Depois de muitos anos no mar, os viajantes que sobrevivem decidem voltar para casa, e na viagem de volta para a Irlanda acabam encontrando a ilha onde moram os assassinos. Sem a mesma disposição de se vingar, Mael Duin demonstra sua recém-descoberta magnanimidade e oferece a sua amizade aos malfeitores, chegando até mesmo a se sentar à mesa com eles e contar as histórias de suas viagens.

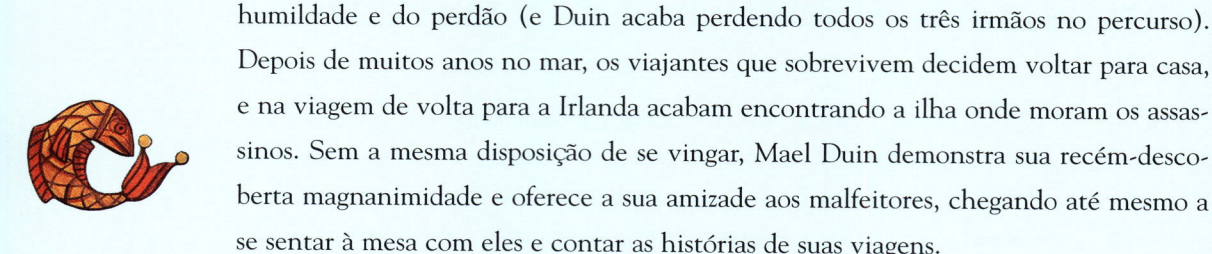

Como outras *imrama*, essa narrativa épica é, para usar a terminologia moderna, uma alegoria sobre o crescimento pessoal – para o leitor, assim como para os viajantes. Diante de inumeráveis oportunidades, os viajantes tomam decisões de cunho moral a

UM CONVITE PARA O PARAÍSO

Em *A Corte de Etain*, uma história do século XIV de autoria desconhecida, o lorde Midir, um ser sobrenatural, convida seu amor para visitar uma ilha utópica no Outro Mundo.

"Os cabelos são como prímulas em flor ali;
corpos lustrosos são da cor da neve.
Nesse lugar, não existe nem meu nem seu;
brilhantes são os dentes, escuras as sobrancelhas (...).
Inebriante a cerveja de Inis Fáil;
mais inebriante, sem dúvida, que a de Tír Már (...).
Fontes doces e cálidas por toda a terra,
hidromel e vinho à sua escolha.
Pessoas distintas, sem máculas,
concebidas sem pecado ou crime."

todo instante. Se suas escolhas violam qualquer uma das regras rígidas (embora ocultas), ocorrem desastres, inclusive a perda de companheiros de viagem. Desse modo, os membros da tripulação que se desgarraram do grupo e foram para a Ilha da Risada ou para a Ilha do Choro, são forçados a permanecer ali para sempre, tornando-se tão obsessivos quanto os outros habitantes – um aviso contra a despreocupação e o pesar excessivos. Viajantes que cometeram um crime em segredo são levados por pássaros gigantes – no labirinto da moral é impossível escapar das consequências dos próprios atos. Aqueles que tentam roubar tesouros das ilhas do Outro Mundo também são roubados por felinos monstruosos – uma ironia cósmica (até kármica) ajusta a punição ao crime. Aqueles, porém, que vencem as armadilhas têm permissão para chegar às mais complexas e belas ilhas do Outro Mundo, as Ilhas dos Abençoados e a Ilha das Mulheres, onde o tempo parece ter parado numa primavera eterna e os habitantes são imortais.

Navegar pelo oceano desconhecido é lançar-se nas mãos do destino. O destino, contudo, nunca é meramente neutro – sempre existe uma dimensão moral. A própria vida é uma busca, e o buscador dedicado e consciente da verdade e do bem é recompensado da maneira apropriada no devido tempo.

Durante sua longa viagem pelas "fontes do oceano", São Brendan – um abade e herói de viagens lendárias – e seus companheiros veem uma coluna de cristal coberta com uma rede de prata, flutuando no mar. A coluna e a rede podem ser a descrição vívida, típica dos contos de viajantes, de uma neblina marinha que se concentrara em torno de um iceberg. Mas, na história, a coluna de cristal contém um cálice de prata com o qual São Brendan e seus companheiros celebram a missa.

Viagens entre os Reinos

VISÕES DOS NOSSOS ANCESTRAIS

O respeito pelo passado e pelos ancestrais é um tema recorrente na sabedoria celta. Quando São Patrício quis registrar os contos dos antigos celtas para a posteridade, dois heróis irlandeses pré-cristãos, Oisin e Cailte, voltaram para o mundo dos vivos a fim de recontar suas histórias. Na passagem a seguir, extraída de um manuscrito do século XII de autoria desconhecida, os heróis contam sobre a sagrada Ilha de Arran.

"Arran dos muitos cervos, o oceano banha suas costas;
ilha onde os hóspedes são bem alimentados
serras onde a relva azul-escura fica avermelhada.

Cervos tímidos sobre as montanhas, tenros mirtilos nos seus pântanos,
água gelada em suas fontes, bolotas em seus carvalhos castanhos.

Há cães de caça lá, amoras-pretas e abrunhos do abrunheiro;
densos espinheiros em suas florestas,
cervos perambulam por seus bosques de carvalhos.

Liquens se acumulam em suas rochas, relva impecável em seus declives,
Um manto protetor sobre seus penhascos, filhotes de cervo dão cabriolas,
trutas nadam saltitantes.

Suas planícies são suaves; seus porcos, gordos; seus campos,
agradáveis, como pode acreditar;
Há frutos nos galhos das avelaneiras, navios vikings cruzam suas águas.

Quando vem o tempo bom é delicioso;
Há trutas nas margens dos rios;
Gaivotas gritam umas para as outras em torno do despenhadeiro branco;
Arran, em todas as épocas, é encantadora."

O extrato a seguir foi tirado de um poema irlandês medieval, *O Colóquio dos Sábios*. O poeta principal desafia um jovem chamado Nede, que diz ser um poeta superior a ele. Os dois discutem, e Nede acaba vencendo, pois sua sabedoria vem de seus antepassados, que eram deuses, poetas e magos. Nesta passagem, os dois poetas estão debatendo sobre suas profecias contrastantes.

"E tu, jovem mestre, és filho de quem?

Não é difícil dizer, sou filho da Poesia,
A Poesia é filho da Retórica (...)
E a Sabedoria vem dos três filhos da
Deusa Brighid, filha do Grande Dagda. (...)
E tu, meu senhor, quem são teus antepassados?

Não é difícil dizer. Sou filho de Adão
Criado sem nunca ter nascido.
Primeiro enterrado no útero da Mãe Terra (...)
Uma pergunta, jovem mestre, tuas notícias quais são?

Boas novas de fato trago:
Um mar fervilhante, com praias cobertas de navios.
Os bosques sorriem em flor e as foices não os cortam.
Árvores dão frutos, espigas crescem nos campos.
Abelhas enxameiam o mundo radiante (...)
Todos praticam sua própria arte.

Os homens realizam heroicas façanhas (...)
Um bom homem é fonte de bons conselhos.
Esses são meus ensinamentos.
E tu, meu senhor, tuas novidades quais são?

*Terríveis são minhas notícias, do fim do mundo quando
haverá muitos senhores e pouca honradez, quando os vivos
darão falso testemunho.
O gado será estéril (...)
Homens cruéis e usurpadores superarão em número os reis legítimos.
A arte será corrompida e a falsidade prevalecerá. (...)
As árvores perderão seus frutos como uma testemunha de falsos julgamentos.
O homem que segue o caminho de inverno perecerá
Lobos o destruirão em meio à escuridão, à desesperança e ao desespero (...)
Depois disso virão as pragas; terríveis tempestades repentinas
farão as árvores chorarem com o golpe dos trovões. (...)
Será o Juízo Final, meu filho,
Grandes notícias, terríveis notícias, um tempo de terror.
Tu sabes, ó jovem em idade e grande em conhecimento, quem está acima de ti?*

Fácil dizer.
Sei que meu Deus cria os mais sábios profetas.
Conheço a avelã da poesia.
Conheço Deus todo-poderoso.

A SABEDORIA DA ÁGUA

A água, na qual existem tantos reinos misteriosos, é um símbolo apropriado da verdade que existe sob a superfície das coisas – um tipo de véu translúcido, às vezes transparente às vezes opaco, entre este mundo e os mundos do pós-morte. Por meio do poder mágico da água, podemos entrar em contato com a sabedoria do Outro Mundo. Isso pode ser matéria de profundas reflexões na vida, mas também de revelações muito simples. O poeta Neidne mac Adhna (ver pp. 72-3), caminhando um dia pela praia, ouve o som de um lamento e se detém para ouvir. As ondas então lhe revelam a morte iminente de seu pai.

Oceanos, rios, fontes e lagos, todos revelam a sabedoria da água, mas os poços ou nascentes têm um lugar especial no folclore celta. A água surge da terra como se, por magia, fosse imbuída de poderes reveladores de especial intensidade. Numa história, o herói irlandês Cormac se perde nas brumas e, quando elas se dissipam, ele descobre que está ao lado de um poço. Logo descobre que cinco salmões vivem no poço, alimentando-se das avelãs que caem de nove avelãzeiras que crescem nas imediações. Cinco rios também fluem dessa fonte. Cormac percebe que esse é o Poço do Conhecimento (ver p. 77): os rios correm para as cinco províncias da Irlanda e representam os cinco sentidos, dos quais derivam todo o conhecimento humano.

Esta estatueta de madeira do século I EC, representando um peregrino, é uma oferenda votiva. Ela foi encontrada num local próximo à fonte do rio Sena, na França. A oferenda traz prosperidade para quem a faz, atraindo a benevolência dos deuses que residem na água. O historiador grego Estrabão conta sobre objetos preciosos que eram depositados nos lagos.

Em outro conto, uma nascente tem o poder de devolver a vida aos mortos, caso o indivíduo tenha recebido amor, respeito e verdade de seus entes queridos em vida. Quando o servo mágico de Finn mac Cumhaill, Gilla na Grakin, é assassinado, a mulher de Gilla navega pelo oceano com seu corpo, em busca de uma maneira de trazer o marido de volta à vida. Por fim, ela desembarca numa ilha onde vê um pássaro morto recobrar a vida e sair voando. A devoção da mulher é recompensada. Nessa ilha, ela descobre uma fonte mágica; e, quando molha os lábios do marido com algumas gotas de água da fonte, ele ressuscita diante dos olhos dela.

O poço de Coventina

Em Carrawburgh, na Muralha de Adriano, é possível ver as ruínas de um local celta-romano dedicado a Coventina, a deusa da nascente que alimenta o poço dali. Com aparência de ninfa, ela é retratada numa escultura que verte água de um cântaro. Assim como, hoje em dia, podemos jogar uma moeda num poço, os devotos ofereciam oferendas votivas a Coventina, inclusive grampos de cabelo e esculturas. Entre os objetos encontrados havia um crânio humano, deixado talvez para ajudar o espírito do seu dono a fazer uma transição segura para o pós-morte.

Viagens entre os Reinos

RECEPTÁCULOS DA VERDADE

Por ser a água, a essência da vida e também uma poderosa fonte de sabedoria e verdade, acessível a poetas, druidas, reis e heróis, o caldeirão e a taça, receptáculos desse fluido mágico, têm, eles próprios, poder espiritual. Esse simbolismo é complementado na lenda do Santo Graal por uma associação com o sangue. Às vezes, o graal é um recipiente que contém uma cabeça sangrenta, um símbolo celta primitivo, ou, numa versão mais cristã, é o cálice no qual se recolheu o sangue do Cristo na cruz. O caldeirão também está ligado ao renascimento e à abundância inesgotável: o deus irlandês Dagda possui, além da sua clava letal, um caldeirão com o qual ele distribuía um suprimento inesgotável de comida.

Durante a Idade Média, um monge irlandês compôs um poema sobre uma excursão ao Outro Mundo, no qual ele assumiu a voz de um dos mais famosos profetas – Taliesin, o líder dos bardos. O autor, fundindo os simbolismos pagão e cristão do cálice, descreve Taliesin navegando com o Rei Arthur e os heróis antigos de Gales no navio *Pridwen*, à procura de um caldeirão mágico do Outro Mundo, decorado com joias e pérolas. Eles penetram num mundo estranho, quase surreal, em que imagens de torres e fortalezas de vidro aparecem de modo fugidio

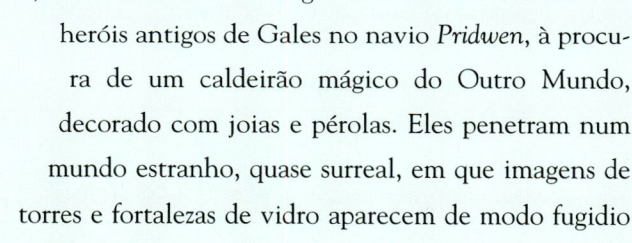

Existe uma associação evidente entre a caça e grandes recipientes coletivos – os caldeirões, como as nascentes, são uma fonte da própria vida. Neste objeto cerimonial do sul da Áustria, de c. 650 AEC, um caldeirão, que talvez tivesse a função prática de incensário, é mostrado com um grupo de cervos e caçadores. A peça está numa estrutura sobre rodas, possivelmente para ser usada num ritual de caça.

nas ilhas do Outro Mundo. Acabam levando o caldeirão, mas por um preço alto – só sete dos companheiros de viagem voltam para casa.

Em outra história, o Grande Rei Cormac adquire sabedoria de um caldeirão fervilhante e ganha dois preciosos presentes do Outro Mundo, exemplificando a maneira pela qual um caldeirão pode servir como uma imagem profunda da verdade.

Numa manhã de maio, um esplêndido guerreiro se aproxima das muralhas de Tara, carregando um ramo de prata de onde pendem maçãs de ouro. Ao bater umas contra as outras, as maçãs emitiam uma música suave, com o poder de confortar as pessoas e induzi-las a um sonho repousante. O visitante revela que veio da terra da verdade, onde não existe doença, nem decadência, nem tristeza, inveja ou ódio. Como prova da sua amizade, ele oferece ao Grande Rei Cormac o ramo de prata em troca de três favores.

O rei aceita a proposta, e um ano depois o guerreiro volta para cumprir sua promessa. Primeiro, ele exige a filha de Cormac; depois o filho. Cormac concede esses favores e usa os poderes do ramo de prata para amenizar a tristeza da corte pela perda dos filhos do rei. Quando o guerreiro exige, em seguida, a esposa de Cormac, o rei consente com relutância, mas depois sai, com seus homens, em perseguição ao visitante. De repente, uma névoa desce sobre os companheiros e Cormac se vê sozinho ao lado de uma fortaleza murada, que é também onde fica o Poço do Conhecimento. Um belo estranho e sua linda companheira oferecem a Cormac a hospitalidade da fortaleza. Logo um homem entra carregando um porco. Ele corta o animal em quatro partes e põe a carne num "caldeirão da verdade". O homem conta a Cormac que a carne só cozinhará se contarem quatro histórias verdadeiras, uma para cada porção. O dono do porco, o anfitrião e seus companheiros contam, cada um deles, uma história verdadeira e as porções cozinham como deveriam. Então Cormac conta a história do desaparecimento da sua família e sua porção de porco também cozinha. Mas, por ser um homem de muita honra e integridade, recusa-se a comer a carne sem os seus exércitos. O anfitrião canta uma canção para fazer o rei dormir e, quando Cormac acorda, ele está cercado pela família e pelos seus homens.

A VIAGEM DE TADG

A história de Tadg mac Cein, contada na Irlanda no século XIV, mostra como um receptáculo do Outro Mundo (oferecido em reconhecimento pela honestidade de Tadg) pode conferir mais autoridade ao herói, como governador do seu reino.

Quando invasores raptam a mulher e os irmãos de Tadg, ele empreende uma viagem por mar com um grupo de guerreiros para resgatá-los. A primeira ilha a que chegam está repleta de lindos pássaros. No entanto, os homens comem os ovos dos pássaros e essa violação faz com que lhes cresçam penas — um vestuário nada apropriado para guerreiros numa missão de resgate. Felizmente, as penas logo caem. A segunda ilha a que chegam é habitada por todo o povo da Irlanda que viveu antes deles — é o Outro Mundo. Ali, o herói recebe de uma mulher do Outro Mundo um cálice e três pássaros canoros (para guiá-lo em sua jornada dali em diante). O cálice é significativo em dois sentidos. Foi encontrado no coração de uma baleia, uma criatura que tem poderes mágicos, e foi oferecido a Tadg por uma mulher do Outro Mundo — muitas vezes um símbolo da soberania da tradição celta.

Confiante do seu mérito como líder e guiado pelos pássaros, Tadg navega pelos mares para travar uma batalha contra os invasores e resgatar a mulher e os irmãos.

Receptáculos da Verdade

Mais tarde, nessa mesma noite, o rei admira o trabalho artesanal do cálice de ouro de seu anfitrião. Este conta a Cormac que o cálice se quebra quando três mentiras são contadas, mas se recompõe depois que três verdades são proferidas. Ele então conta três mentiras e o lindo objeto se parte em pedaços. Depois, assegura a Cormac que, enquanto a mulher e a filha dele estiveram fora, nenhum homem as tocou, tampouco o filho dele dormiu com uma mulher. Para a surpresa de Cormac, o cálice se recompôs. Por fim, o anfitrião revela ser Manannan mac Lir (ver p. 50) o misterioso visitante que havia presenteado Cormac com o ramo de prata. Nesse mesmo instante, Cormac se vê de volta à Planície de Tara com a mulher, os filhos e seu exército, segurando na mão o "cálice da verdade". Um grande rei, portanto, se torna muito mais grandioso quando é merecedor de dois presentes preciosos do Outro Mundo: o "ramo de prata do bem-estar" e o "cálice da verdade".

DISFARÇADO DE CISNE

A graça e a beleza do cisne, com sua elegância, seu pescoço longo e penas brancas e macias, fazem dessa ave um símbolo natural de tudo o que é bom, sagrado e puro. Capaz de deslizar sobre rios e lagos, bambolear por terra ou cruzar os ares com suas asas poderosas, o cisne também liga as águas do Outro Mundo com os reinos da terra e do céu. Os cisnes do Outro Mundo são metamorfos, capazes de mudar de forma quando querem, e é possível identificá-los pelas correntes de ouro ou prata penduradas em volta do pescoço (ver página ao lado).

Como muitos habitantes do Outro Mundo, o cisne é uma criatura ambígua, com um aspecto obscuro que contrabalança suas qualidades positivas. Na história dos filhos de Lir – um conto tão triste que é considerado um dos "Três Maiores Pesares da Contação de Histórias" – o viúvo rei Lir casa-se novamente para que sua filha Fionuala e seus três filhos possam voltar a ter mãe. Mas a nova rainha tem ciúmes da afeição do rei pelos filhos e por isso lança mão de feitiçaria para transformá-los em cisnes. As crianças-cisne, porém, conseguem manter sua capacidade de falar e seu dom para a música, e as pessoas vêm de longe para ouvi-las cantar no lago e se sentem reconfortadas com a sua música.

Depois de muitas aventuras tristes, as infelizes crianças encontram um ermitão que consegue consolá-las da sua dor por meio da fé cristã. Mas o sofrimento delas ainda não tem fim, pois um rei malvado as captura e as leva embora com ele, depois do que suas penas caem para revelar quatro criaturas velhas e trêmulas. Percebendo que morreriam, as crianças-cisne pedem apenas para serem enterradas juntas na mesma sepultura e o ermitão bondosamente atende ao pedido delas. Então os filhos de Lir encontram paz finalmente e conseguem entrar no reino do céu.

No conto arthuriano de Lohengrin, filho de *sir* Percival, o menino aparece primeiro dentro de um barco que vai para o Outro Mundo, atraído por um lindo cisne branco. Lohengrin é muitas vezes retratado usando branco (uma alusão às penas do cisne), em reconhecimento às suas origens sobrenaturais.

O SONHO DE OENGHUS MAC OG

Oenghus é filho de Dagda e da deusa Boinn. Durante um ano inteiro ele anseia por uma linda mulher que o procura toda noite em seus sonhos. Seus pais não podem ajudá-lo a encontrá-la, por isso ele consulta o Rei Bodb, famoso pelo seu conhecimento em ocultismo. Bodb leva Oenghus a um lago no qual vivem 150 cisnes, todos usando correntes no pescoço, e conta a ele que, em anos alternados, os cisnes se transformam em mulheres e nessa forma permanecem durante um ano inteiro. A mudança acontece no Samhain, uma época de transformação. Oenghus é informado de que, se ele identificar corretamente a sua amada dos sonhos entre os cisnes, poderá ficar com ela para sempre. No Samhain seguinte, Oenghus volta ao lago para encontrar seu amor. Ele aponta para o único cisne que usa no pescoço uma corrente de ouro, em vez de prata. Esse cisne é Ibormeith, sua amante dos sonhos. Exultantes por terem se encontrado, o cisne e o homem se abraçam. Então ambos voam juntos como cisnes, ligados eternamente pela corrente de ouro.

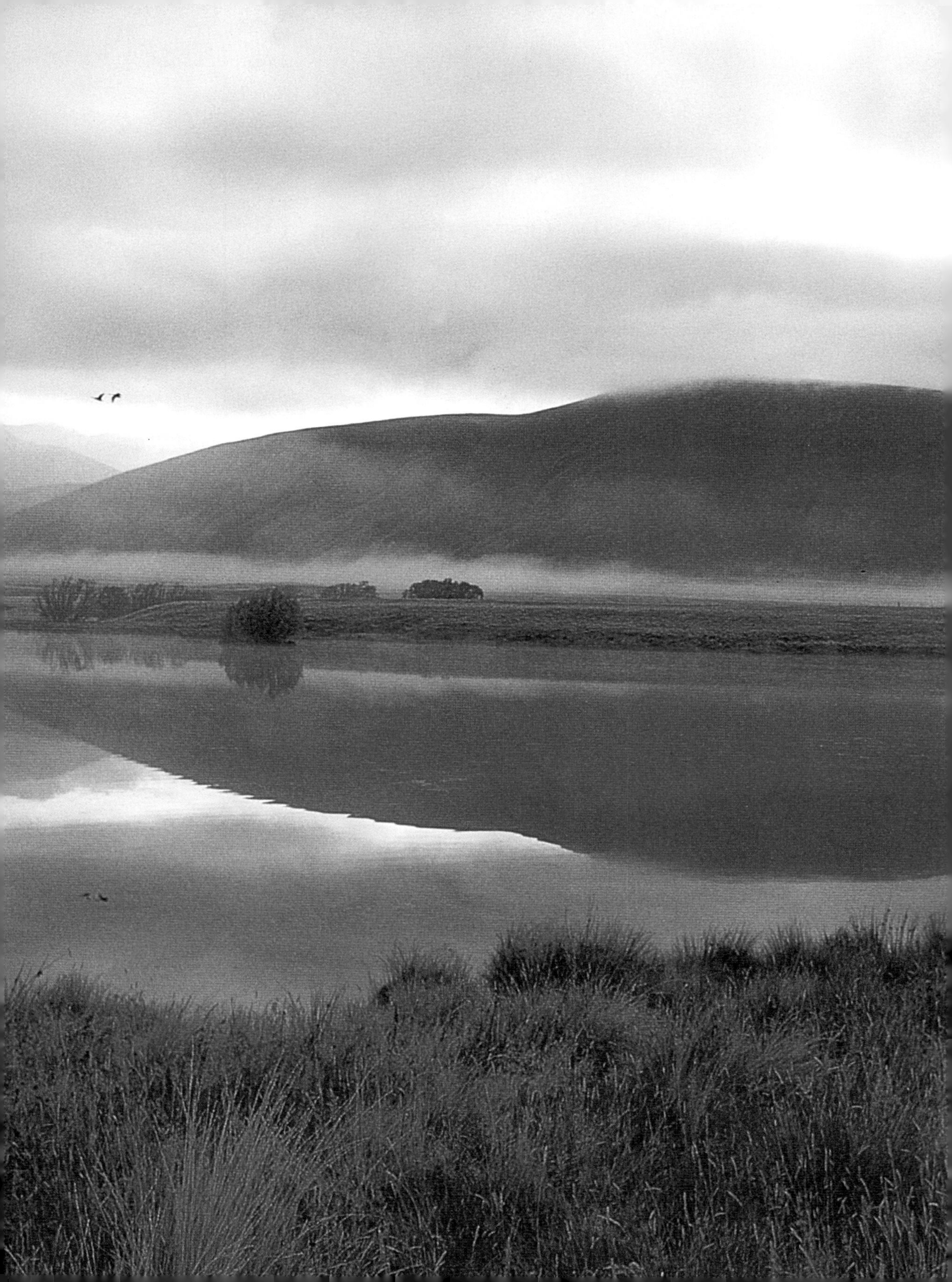

DESTINO E CONHECIMENTO DO FUTURO

Como podemos descobrir o que o destino nos reserva? Só consultando os druidas, profetas ou poetas. Os druidas impressionaram os visitantes romanos com sua capacidade de prever o futuro observando o voo dos pássaros, as fases da Lua ou o movimento das estrelas. As mulheres também eram videntes, e muitas vezes eram capazes de prever o resultado das batalhas e o destino dos heróis. E todo rei celta também tinha um poeta versado na arte de compor versos proféticos.

Destino e Conhecimento do Futuro

NOSSO PASSADO É NOSSO FUTURO

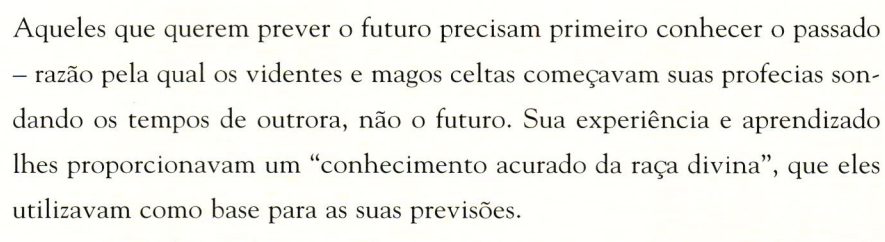

Aqueles que querem prever o futuro precisam primeiro conhecer o passado – razão pela qual os videntes e magos celtas começavam suas profecias sondando os tempos de outrora, não o futuro. Sua experiência e aprendizado lhes proporcionavam um "conhecimento acurado da raça divina", que eles utilizavam como base para as suas previsões.

Essas almas talentosas relacionavam suas experiências numa litania de vidas passadas que dava ainda mais credibilidade aos seus poderes. Muitas vezes eles se transformavam em animais, plantas ou aspectos da natureza, como o vento ou a chuva; e, nessa forma, testemunhavam eventos históricos. Quanto mais diversificados os seus disfarces, mais conhecimento acumulavam para transmitir às outras pessoas. Amergin, o vidente dos Tuatha De Danann, lembra-se das suas experiências como um salmão, um touro e um javali, e também do tempo em que passou como vento e como uma onda. Tuan MacCairhill, um dos primeiros invasores da Irlanda, foi um cervo, um javali e, por fim, uma águia.

Às vezes, períodos vividos como um animal ou um fenômeno natural são entremeados com experiências como um objeto inanimado. Depois que o garoto Gwion assumiu a forma de um grão de trigo, ele foi engolido pela feiticeira Ceridwen, que tinha se transformado numa galinha. Ele então renasceu como o bardo Taliesin (ver pp. 100-101).

Uma relação das vidas passadas do poeta é apresentada no *Livro de Taliesin*: "Na segunda vez que fui criado,/Eu fui um salmão azul,/ um cachorro, um cervo;/ um cabrito-montês no flanco da montanha,/ fui uma arca do tesouro, uma pá;/ uma trompa de beber;/ um par de línguas de fogo por um ano e um dia;/ um galo branco sarapintado entre as galinhas do Eiden, e um garanhão numa estrebaria;/ fui um touro feroz;/ um grão numa colina./ (...) A galinha, minha inimiga, com uma crista e garras vermelhas me engoliu./ Durante nove noites fui uma criaturinha em seu útero;/ Amadureci ali/ Fui cerveja antes de ser um príncipe./ Já morri, já vivi".

Os antigos profetas normalmente viviam próximos à natureza por um longo período. Por exemplo, o grande mago Merlin das lendas arthurianas passou muitos anos entre as macieiras, conversando com um porquinho selvagem. A ideia de que os animais podem ver o futuro deriva da crença na sabedoria da natureza. Famosas profecias são atribuídas ao salmão e à truta. Espécies que vivem no sombrio mundo subaquático amadurecem silenciosamente até se tornarem sábios veneráveis, observando o mundo mudar à sua volta à medida que seu conhecimento crescente também aumenta seu poder de prever o futuro. Como acontece com os seres humanos, as experiências adquiridas durante uma vida longa confere sabedoria ao animal. O respeito dos celtas pela

As tropas galesas de Henrique Tudor combatiam sob a bandeira do dragão vermelho, um antigo símbolo do governo galês. Mas depois da Batalha de Bosworth, em 1485, a rosa Tudor começou a substituir o motivo mais antigo, do dragão. Os profetas ainda tinham credibilidade no século XV, apesar das leis contra suas práticas. Quando um espião relatou que os galeses ainda acreditavam nas profecias do passado, um poeta experiente e astuto que se autointitulava "Ambrosio Talgesino" (nomes latino para Merlin e Taliesin) subverteu essas leis. Ele afirmou que a profecia de Taliesin de que os reis galeses voltariam a reinar na Britânia tinha se cumprido com a regência dos Tudor: "visto que tudo que está sendo dito aqui aconteceu, é possível ler e escrever isso sem escândalo. E, se for um erro, perdoem o velho poeta".

Thomas, o Fazedor de Rimas

Um dos mais famosos profetas escoceses é Thomas de Erceldoune, conhecido como Thomas, o Fazedor de Rimas, que viveu no século XIII. De acordo com uma tradição, ele visitou o Outro Mundo na companhia de uma rainha amorosa do reino dos encantados, que recompensou sua devoção concedendo a ele o precioso dom da profecia. No entanto, na versão alternativa a seguir, o poder de Thomas é nato; não foi adquirido graças a um serviço que tenha prestado.

A mãe de Thomas morre antes de o filho nascer. O marido, pesaroso, visita a sepultura da esposa uma noite e descobre ali um bebê com metade do corpo dentro da terra e a outra metade, do lado de fora. Ele dá à criança o nome de Thomas e o cria como se fosse dele. Quando Thomas se torna adulto, ele volta ao túmulo da mãe. Lá ele encontra um livro de profecias, colocado ali misteriosamente, do mesmo modo que ele fora encontrado quando bebê: metade no mundo dos vivos e metade no mundo dos mortos.

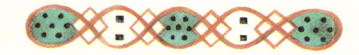

longevidade é bem ilustrado na história "Os Animais Mais Velhos da Bretanha", que conta sobre a busca por Mabon, filho de Modron. Culhwch, Cei e Bedwyr partem com Gwrhyr, que fala a língua dos pássaros e dos animais, e descobrem que Mabon foi aprisionado. Gwrhyr primeiro se dirige ao Melro de Cilgwri. "Veja aquela bigorna", o pássaro diz a ele. "Quando eu era um jovem pássaro limpava meu bico nela toda noite. Ela é agora do tamanho de uma noz. Não, eu não sei onde o prisioneiro está, mas talvez meu velho amigo, o Cervo de Rhedynfre, possa ajudá-lo."

Eles se aproximam do cervo e lhe fazem a mesma pergunta. O cervo sacode sua magnífica galhada. "Quando vim aqui pela primeira vez, aquele toco de carvalho era apenas uma arvorezinha. Ela se transformou numa grande árvore, mas agora não passa de um toco. Eu não sei onde o seu prisioneiro está, mas levarei você até o animal que Deus fez antes de mim." Eles vão até a Coruja de Cwm Cawlwyd, mas ela também não pode ajudar: "Minhas asas se desgastaram com o tempo até se tornarem meros cotos e este vale já foi devastado muitas vezes. Mas eu levarei vocês à mais antiga criatura do mundo e talvez ela saiba". A coruja os leva onde a Águia de Gwenabwy está empoleirada numa pequena pedra gasta pelo tempo. Quando a coruja lhe pergunta se ela sabe onde Mabon está, a velha águia diz, "Esta pedra um dia foi uma grande rocha; agora está gasta. Mas eu não sei nada sobre o homem que procuram. Uma vez, quando eu estava caçando em Llyn Llyw, enterrei minhas garras num grande salmão que me puxou para dentro do lago. Nós éramos inimigos, até o dia em que ele me procurou para que eu tirasse cinquenta anzóis das suas costas. Se ele não souber, ninguém sabe".

A águia levou os homens até o salmão de Llyn Llyw, que colocou sua cabeçorra para fora da água e disse, "Onde o rio encontra o muro de Caer Loyw, posso ouvir os lamentos de um prisioneiro em grande aflição. Subam nas minhas costas e eu os levarei até lá". Os homens subiram nas costas do salmão e ele os levou até o muro de Caer Loyw, uma imensa prisão. Do lado de fora, Cei perguntou, "De quem são estes lamentos?" E eles ouviram a resposta, "Eu sou Mabon, filho de Modron". Os guerreiros então o libertaram e o salmão os levou de volta para o lugar de onde vieram. Desse modo, graças à bravura dos guerreiros e o conhecimento das mais antigas criaturas, Mabon foi resgatado.

Destino e Conhecimento do Futuro

A SABEDORIA DO SALMÃO

Lutando correnteza acima para desovar e dando grandes saltos para escalar impetuosas cachoeiras, o salmão resiste ao fluxo das águas e do tempo e por isso é uma criatura especial. Misterioso, valente e resoluto, ele é um mensageiro adequado entre os mundos e, por extensão, a encarnação do conhecimento. O Velho Salmão, com as costas crivadas de anzóis de pescadores frustrados, fala e dá conselhos aos galeses e aos heróis irlandeses. Comer carne de salmão confere o dom da profecia a quem o merece. O salmão nada nos rios e nascentes do Outro Mundo, alimentando-se das avelãs que caem das "árvores do conhecimento", e às vezes passam para o mundo humano para transmitir suas profecias sobre "o mundo que virá".

O modo como o salmão liga nossa realidade diária ao Outro Mundo é ilustrado na história sobre um milagre realizado por São Asaph. A irmã dele era a esposa de Maelgwn Gwynedd, um poderoso rei galês cujo temperamento irascível era lendário.

A Sabedoria do Salmão

Um dia a rainha perdeu a aliança de casamento e seu irado marido imediatamente chegou à conclusão errada e acusou-a de infidelidade. Aflita, a rainha apelou para o irmão, São Asaph, pedindo ajuda. O santo foi até Maelgwn e cortou ao meio um salmão que tinha sido pescado aquela manhã; dentro do estômago do peixe o rei encontrou o brilhante anel de casamento da esposa. Ele, então, reconheceu humildemente o poder do santo e a fidelidade da esposa.

O famoso conto sobre o "salmão da sabedoria" refere-se ao bardo Finn Ecs, que busca o poder do peixe, e a Finn mac Cumhaill, o herói irlandês (ver abaixo).

Finn mac Cumhaill

Quando garoto, Finn mac Cumhaill recebe de Finn Ecs a incumbência de vigiar um peixe cozinhando no fogo. Trata-se de um especial "salmão da sabedoria" e Finn Ecs planeja adquirir seu poder comendo a sua carne. Mas a atenção do garoto se desvia e o peixe passa do ponto. O menino toca o peixe e queima o polegar; ao colocar o dedo na boca, ele adquire o poder da profecia. Quando Finn Ecs retorna, ele percebe que o garoto é o predestinado e se torna seu professor. Na idade adulta, sempre que Finn coloca o dedo queimado na boca, ele vê o futuro.

O MISTÉRIO DA CABEÇA

Para os celtas, a essência do ser, tanto física quanto espiritual, reside na cabeça. A imagem da cabeça aparece em todo lugar – entalhada em redondo ou como decoração em pilares, moedas, caldeirões e altares. Dotada de um poder protetor, a cabeça serve de talismã para afastar o mal. Também é um símbolo do divino e um lembrete de que a vida continua depois da morte. Autores clássicos afirmam que os celtas levavam a cabeça dos inimigos como troféus de batalha, e as penduravam nos templos, ou usavam os crânios como cálices, mas as narrativas celtas sobre cabeças apresentam um quadro mais abrangente dessa tradição.

A história de Donn Bo, um jovem guerreiro famoso em toda a Irlanda pela sua bela voz, enfoca o poder da cabeça como repositório da vida depois da morte, e que se estende por muito tempo depois da morte do corpo. Donn Bo promete ao seu senhor, Fergal, que cantará para ele no banquete da vitória, depois da batalha que enfrentarão, mas infelizmente tanto o rei quanto o cantor perecem durante a luta e seus corpos decapitados são abandonados no campo de batalha. Na noite depois da batalha, um dos soldados vitoriosos vaga entre os cadáveres, procurando uma cabeça para levar ao salão de

Muitas histórias celtas contam sobre cabeças decepadas com o poder de oferecer proteção. Numa dessas histórias, a cabeça de Bendigeidfran mab Llyr acompanha seus homens em suas viagens, de modo que cheguem com segurança nas festividades do Outro Mundo, que duram por muitos anos. Quando a farra termina, os homens enterram a cabeça, como pede Bendigeidfran. Ela então se torna um poderoso talismã contra doenças e nenhuma praga pode atingi-los enquanto ela permanecer enterrada.

seu senhor, onde ocorrerá o banquete da vitória. De repente, na escuridão, ele ouve uma voz entoando uma melodia e se depara com a cabeça de Donn Bo, cantando para o seu falecido mestre. O soldado recolhe a cabeça, leva-a para o salão do castelo e a coloca sobre um pilar, em meio ao banquete. Ao ouvir como o soldado encontrou a cabeça, o senhor vitorioso se dirige com cortesia a ela e pede que cante para ele, como cantou para Fergal. A cabeça então desvia os olhos dos vivos e, fitando a escuridão, canta uma canção tão doce e melancólica que todos os presentes no banquete vão às lágrimas.

A compaixão de São Mellor

São Mellor é um santo de cura muito popular na Britânia e na Cornualha, e é também patrono de muitos poços e nascentes. Depois de martirizado, sua cabeça foi cravada no seu próprio bastão episcopal e levada ao rei. No caminho, o assassino que carregava o bastão se sentiu cansado e com sede, e o santo, com toda a sua bondade e disposição para perdoar, apiedou-se dele. Disse ao homem para cravar o bastão na terra e, assim que ele fez isso, o bastão criou raízes e se tornou uma árvore em cuja sombra o assassino pôde descansar. Depois, uma fonte cristalina de águas terapêuticas começou a borbulhar no mesmo ponto, saciando a sede do homem.

Destino e Conhecimento do Futuro

PÁSSAROS DA DESTRUIÇÃO

Deusas da guerra na forma de pássaros soltam gritos agudos sobre os campos de batalha e pousam nos ombros daqueles que estão prestes a morrer. Depois da batalha, gralhas, corvos e águias se alimentam dos cadáveres. Neste extrato do ciclo *Canu Heledd*, a princesa Heledd se dirige às águias que banqueteiam sobre os cadáveres do seu irmão, o rei Cynddylan, e seus guerreiros, que morreram defendendo a cidade de Trenn, na fronteira galesa.

"Águia de Pengwern, de penas cinzentas,
esta noite bem alto ela grita,
ávida pela carne daquele que amo.

Águia de Pengwern, de penas cinzentas,
esta noite das alturas ela grita,
ávida pela carne de Cynddylan.

Águia de Pengwern, de penas cinzentas,
esta noite ela mostra suas garras,
ávida pela carne que eu amo.

Águia de Pengwern, de longe seu grito ecoa esta noite,
À procura do sangue dos homens.
Trenn será chamada de cidade arruinada.

Águia de Pengwern, de longe ela chama esta noite,
À procura do sangue dos homens.
Trenn será chamada de cidade marcada com sangue."

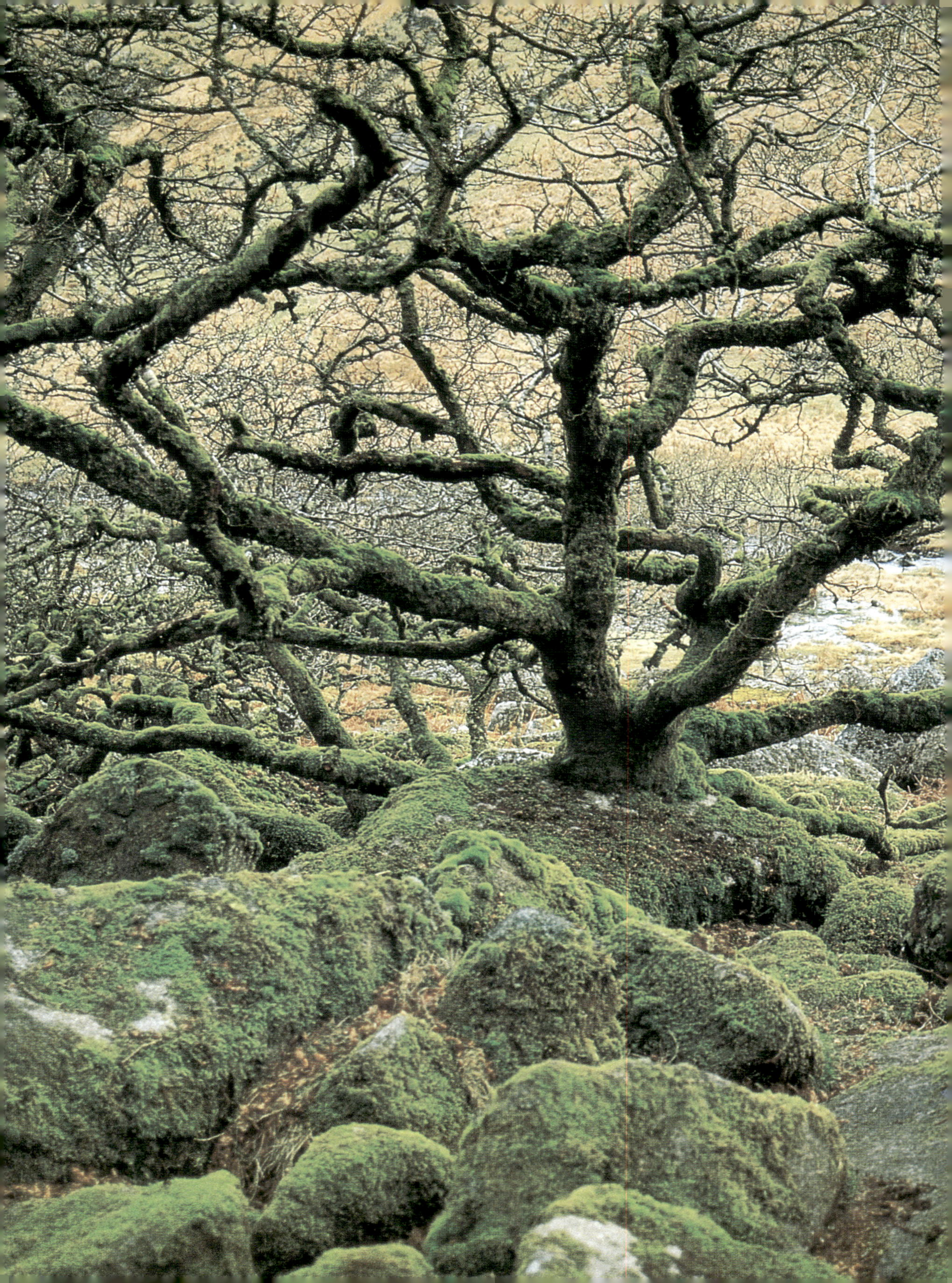

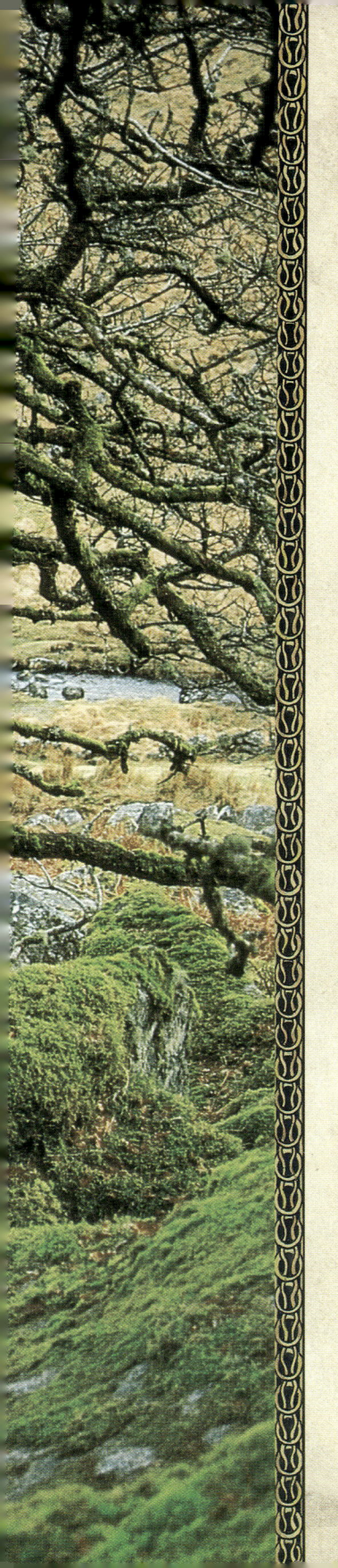

GUARDIÃES DA ALMA

Uma sociedade que acredita numa dimensão extrafísica da vida – as profundas verdades que se ocultam por trás do véu da vida terrena – investe sua fé em especialistas talentosos, capazes de servir de intermediários entre os dois mundos: os videntes, os druidas e os bardos. Com o surgimento do Cristianismo, os santos se juntaram às fileiras de talentosos guardiães da alma – e muitas figuras antes pagãs adquiriram outros nomes e um novo conjunto de atributos religiosos.

A SABEDORIA DOS DRUIDAS

Os druidas, ao lado dos bardos e dos videntes, são os detentores da sabedoria no mundo celta. O autor clássico Diodoro Sículo escreveu um conto detalhado acerca de como eles adquiriam essa sabedoria. Ele explica que o título "druida" significa "aquele que é muito instruído" e que a erudição dos druidas advinha do *fis*, "conhecimento secreto" ou até mesmo do *im fiss*, "conhecimento secreto completo".

Diodoro Sículo conta que, para usar esse conhecimento, o druida realizava um ritual especial chamado *imbas forosnai*, ou "conhecimento de iluminação". Ele retirava uma porção pequena de carne de um animal sagrado, como um porco ou um cavalo, cozida especialmente para a cerimônia. Depois de mastigar o pedaço de carne, ele o colocava no chão, atrás da porta da sua casa. Depois repetia um encantamento sobre o bocado de carne e o oferecia aos deuses. O conhecimento que ele buscava o visitava num sonho revelador. Se o sonho não viesse imediatamente, ele fazia o encantamento novamente, desta vez recitando-o dentro das palmas das mãos em concha. Depois dormia com as mãos pressionadas contra as bochechas para intensificar o poder das pala-

Os druidas praticavam divinação (a arte de prever o futuro) por meio de augúrios e sacrifícios de animais. Eles observavam o voo dos pássaros e faziam profecias com base nos padrões do voo. Também eram capazes de prever acontecimentos futuros quebrando ossos de certos animais, inclusive cães e gatos, e mastigando o tutano. Se tamborilassem os dedos enquanto entoavam encantamentos e depois tocassem alguém, também eram capazes de prever o destino dessa pessoa.

vras mágicas. Seus companheiros se mantinham de guarda para que nada perturbasse seu sono, semelhante a um transe. Quando despertava, ele descobria que estava de posse do conhecimento que procurava.

Divitiacus é um dos poucos druidas cujo nome é mencionado em obras clássicas. Líder dos aedui, uma tribo celta gaulesa, ele era respeitado pela sua arte por Júlio César, que o descreve como um homem magnânimo. Divitiacus era amigo do filósofo romano Cícero, que nos conta que o druida era conhecedor da ciência grega da *physiologia* (o conhecimento das coisas da natureza) e que ele podia prever acontecimentos por meio de augúrios (ver página ao lado).

PLÍNIO SOBRE OS DRUIDAS

Plínio mencionou a importância do carvalho para os celtas e usa esse fato como base para uma explicação convincente sobre o significado da palavra "druida": "Os druidas – pois é assim que os magos são denominados – consideram o visco a mais sagrada de todas as plantas, além da árvore que o sustenta, supondo sempre que o carvalho é essa árvore. Eles preferiam os bosques de carvalhos, por amor a essa árvore em particular. Nunca realizavam nenhum ritual se não fosse na presença de um galho de carvalho; por isso é provável que os próprios sacerdotes tenham emprestado o seu nome da palavra grega que designava essa árvore. Os druidas achavam que tudo o que crescesse no carvalho era enviado pelos céus, e que essa árvore foi eleita pelo próprio deus".

CATHBAD

Cathbad, o principal druida do Rei Conchobar do Ulster, é um sábio e perspicaz conselheiro. Só ele tem autoridade para falar antes do rei. Cathbad personifica os aspectos humanos do papel de druida, como professor dos filhos dos guerreiros do Ulster. Ele é especialista em profecias e, por isso, capaz de predizer os dias mais auspiciosos para os meninos – inclusive seu pupilo mais ilustre, Cuchulainn, o futuro herói – pegarem em armas. Mas apesar da sua habilidade na prática de prever o futuro, Cathbad não tem controle sobre o destino. Ele previu, na época do nascimento de Deirdre (ver p. 14), que a bela criança levaria à ruína o rei, mas Conchobar ignorou seu conselho e as consequências foram desastrosas. Ele também tentou, sem sucesso, ajudar Cuchulainn a se defender contra uma conspiração maquinada por magos hostis.

Como demonstrou Cathbad, o líder dos druidas do Rei Conchobar (ver página ao lado), a posição privilegiada dos druidas pode acarretar consequências desastrosas para qualquer um que lhes demonstre desrespeito, seja intencional ou não. Na véspera de uma batalha, um dos campeões do rei exclama uma advertência antes que Cathbad tenha chance de falar. Essa transgressão ao direito de precedência do druida é tão grave que o cavalo do homem levanta-se sobre as patas traseiras e ele perde controle de suas armas; nesse instante, o escudo voa de sua mão e acaba por decapitá-lo.

O autor grego Estrabão relata: "Os druidas dizem que as almas dos homens e o universo são indestrutíveis, embora tanto o fogo quanto a água um dia acabarão prevalecendo sobre eles". Os druidas têm um relacionamento especial com a água; eles podem fazer rios e lagos secarem e lançar tempestades sobre os inimigos. Mas, num exemplo até maior do seu controle sobre os elementos, o druida Figol consegue combinar fogo e água: quando os Tuatha De Danann preparam-se para lutar contra os monstruosos fomorianos, Figol promete que, pelo poder da magia, uma chuva de fogo cairá sobre o inimigo, não apenas uma vez mas três.

Em outro conto, pedem a Dallan, um druida cujo nome significa "o cego", para que utilize suas capacidades psíquicas para encontrar uma mulher que está perdida. Ele confecciona quatro varinhas de teixo e faz nelas inscrições com letras *ogham* – a misteriosa escrita dos druidas. Com o poder intensificado por esses objetos ritualísticos, o druida cego usa seu olho interior para "ver" que a mulher está aprisionada num monte *sidh*.

Todos os líderes druidas predizem acontecimentos relacionados ao rei e seu reino; no entanto, Beag mac De, druida da corte do Grande Rei Diarmid mac Cearrbheoil, tem outras capacidades surpreendentes – ele é capaz de prever o futuro poder dos santos irlandeses e tem visões de São Brenan, São Ciaran e São Columba. Beag é recompensado antes de sua morte, quando encontra São Columba, que administra os sacramentos cristãos ao druida como um favor especial. Essa afinidade entre homens santos pagãos e cristãos simboliza o modo como o Cristianismo incorporou os aspectos da antiga sabedoria celta e assimilou-os em suas próprias tradições.

COMBATES MÁGICOS

A capacidade de mudar de forma e assumir o disfarce de outra pessoa, um animal ou até um objeto é um poder especial que só os grandes magos possuem. Essa faculdade de metamorfose muitas vezes passa por uma prova de fogo quando dois magos competem entre si para saber quem tem mais força sobrenatural – um tema comum nas histórias celtas. A mais famosa dessas disputas aconteceu entre a formidável feiticeira Ceridwen e o jovem que adquiriu poderes mágicos por acidente.

Ceridwen tem um filho feio, Avagddu, cujo nome significa "escuridão". Ela gostaria de dar a ele o dom de profecia para compensar sua aparência. Então, a feiticeira mistura ervas especiais num caldeirão fumegante e manda o jovem chamado Gwion vigiar a mistura. Quando o preparado começa a ferver, três gotas do "líquido do conhecimento" saltam do caldeirão e Gwion os engole. O caldeirão se quebra e seu conteúdo se espalha e chega até o rio, matando os cavalos do rei que bebem da sua água. Gwion, percebendo que corre perigo mortal, foge de Ceridwen, que sai em seu encalço. Ele se transforma num peixe e mergulha no rio, mas ela assume a forma de uma lontra e o persegue. Em seguida, Gwion se torna uma lebre, mas no mesmo instante ela se transforma num cão de caça para persegui-lo. Ele então se transforma num pássaro e tentar voar para longe, mas ela toma forma de um falcão e precipita-se sobre ele. Por fim, o jovem mago transforma-se num grão de trigo e Ceridwen, transformada numa galinha preta, engole o grão. Nove meses depois, a feiticeira dá à luz um bebê tão belo que ela não é capaz de matá-lo (ver pp. 84-85). Em vez disso, ela o prende num saco preto e o joga num rio, onde mais tarde ele é encontrado por um príncipe, que lamenta a sua sorte por ter encontrado um bebê e nenhum peixe. Mas então a verdadeira identidade da criança é revelada; pois ela era Taliesin, destinado a se tornar o líder dos bardos (ver p. 9).

O GAROTO BRETÃO E O MAGO

Até um mago poderoso pode ser ludibriado, como aconteceu quando um jovem bretão levou a melhor sobre Merlin. Uma princesa caiu de amores por um aprendiz de magia e planejou se casar com ele contra a vontade do rei. Então, o rei, mal-intencionado, mandou o jovem roubar o anel e a harpa de Merlin, para que o mago fosse à corte, irado, e impedisse o casamento. O moço procurou durante sete dias, em sete bosques, até encontrar um galho com trinta folhas de ouro. Com isso ele embalou Merlin até que ele caísse no sono e então roubou seu anel e sua harpa. Quando o mago acordou, viajou até a corte, não para impedir o casamento, como o rei esperava, mas para cumprimentar o jovem mago bretão pela sua esperteza e para reconhecer a façanha mágica do rapaz.

Guardiães da Alma

A FORTALEZA DO AMOR

Personagem baseado no imperador histórico Maxentius, o herói galês Macsen Wledig tem o dom da premonição. Esta história, extraída da obra medieval *O Livro Vermelho de Hergest*, conta como Macsen prevê, num sonho, sua viagem para uma grande fortaleza onde conhece a bela Elen de Hosts – a mulher que vem a se tornar sua esposa, depois que eles se encontram nas circunstâncias que ele previu.

"No sonho em que [Macsen] teve a visão, ele estava viajando pelo vale de um rio, na direção da sua cabeceira, quando viu uma montanha muito alta,
a mais alta do mundo. A montanha tocava o céu.
Quando ele cruzou a montanha e chegou ao outro lado, pôde ver que estava caminhando pelos campos mais belos e encantadores que alguém já vira.
Grandes rios fluíam da montanha em direção ao mar,
e ele caminhava pelas margens até seus estuários.

Depois de uma longa jornada, Macsen chegou ao maior portão que alguém já vira.
Divisou uma grande cidade na embocadura do rio,
onde havia um grande castelo com muitas torres de diferentes cores.
Ele viu uma frota de navios ancorados na foz do rio.
E essa frota era a maior frota que um homem já vira, sendo um navio
mais belo e grandioso que todos os outros. Do que ele pôde ver desse navio,
ele tinha placas de ouro e prata acima da linha da água.
Uma ponte de marfim ligava o tombadilho ao ancoradouro e, em seu sonho, ele podia ver a si mesmo embarcando no navio, através dessa ponte.
Uma vela foi levantada e o navio singrou os mares.

O navio chegou, por fim, à mais bela das ilhas deste mundo. E, quando ele explorava a ilha a partir da praia, atravessou-a até o mar e, do outro lado, pôde ver vales, desfiladeiros e rochedos majestosos e uma terra dura e árida como ele nunca tinha visto igual. Ao longe divisou outra ilha, diante da terra dura e árida. Entre ele e essa ilha ele viu uma faixa de terra cuja planície era tão extensa quanto o mar e as suas montanhas, do comprimento de sua floresta.

Um rio corria dessa montanha para o mar e em sua foz havia uma imensa fortaleza, a maior que ele já vira. O portão estava aberto e ele entrou.

Dentro da fortaleza, divisou um belo salão. Parecia aos seus olhos que o telhado era feito de ouro, que as paredes eram de pedras preciosas e as portas, totalmente de ouro. No salão ele viu bancos de ouro e mesas de prata. E sobre um banco mais adiante, viu dois jovens de cabelo ruivo jogando *gwyddbwyll*. O tabuleiro era de prata e sobre ele havia peças de ouro. Os jovens vestiam trajes de um finíssimo brocado negro. Seus cabelos estavam adornados com um aro de ouro vermelho, cravejado de (...) gemas e rubis e pedras imperiais. Nos pés usavam sapatos de couro, com fivelas de ouro vermelho. E na base de um dos pilares do salão, ele viu

um ancião de cabelos brancos sentado numa cadeira entalhada com duas águias de ouro vermelho. Havia braçadeiras douradas em seus braços e suas mãos estavam adornadas com anéis de ouro. Em torno do pescoço havia um colar de ouro e uma faixa de ouro em torno da cabeça. Ele exalava um ar de autoridade.
Tinha um tabuleiro de *gwyddbwyll* diante dele e nas mãos segurava uma vara de ouro e uma lima. Ele esculpia peças para o jogo.

Ele [Macsen] viu uma menina sentada perto dele, numa cadeira de ouro vermelho. Ela era tão linda que contemplar o sol e seu brilho não seria mais difícil do que olhar para ela. Ela estava usando um vestido de seda branca, com um corpete amarrado com colchetes de ouro vermelho. Sobre esse traje, usava um sobretudo de brocado e uma manta presa com um broche de ouro vermelho. [Ela usava] um aro na cabeça, cravejado de rubis (...) e pérolas e pedras imperiais, e um cinturão de ouro vermelho. Ela era a mocinha mais encantadora que um homem já vira. Antes em pé diante de uma cadeira dourada, ela começou a se aproximar dele e ele a tomou nos braços. E eles se sentaram na cadeira dourada, na qual couberam os dois confortavelmente como se o móvel fosse feito para eles."

A SABEDORIA DA INSPIRAÇÃO

A palavra "inspiração" lembra respiração (o ato de inalar o ar). Para os celtas, a inspiração é um tipo de conhecimento que vem pelo ar e pela água, e essas duas imagens são muitas vezes combinadas. A versão celta dessas ideias é a "do sopro líquido da inspiração" ou *awen*. Só depois de uma jornada perigosa, em que a alma sai do corpo, seguindo talvez até o reino dos mortos, é que a *awen* pode possuir o espírito. Para se preparar para adquirir essa sabedoria sobrenatural, o druida aguçava os seus sentidos por meio do transe – uma técnica antiga usada pelos xamãs de muitas culturas do mundo, para atingir o mundo espiritual.

Gerald de Gales comenta que "certas pessoas de Cambria [Gales], que não existiam em nenhum outro lugar, eram chamadas de *awenyddion*, ou 'pessoas inspiradas'". Segundo ele descreve, "quando pediam a essas pessoas que previssem os resultados de um acontecimento futuro, elas urravam violentamente, como se possuídas por um espírito. Não davam a resposta de um modo racional, mas alguém que ouvisse atentamente os ruídos aparentemente incoerentes que emitiam, seria capaz de decifrar a profecia. Esses druidas xamânicos só recuperavam por completo os sentidos quando alguém os sacudia violentamente, para que saíssem do transe, que se assemelhava a um sono profundo; eles também não se lembravam das respostas que proferiam. Gerald também observou que os *awenyddion* recebiam favores espirituais durante essas jornadas. Alguns pareciam receber leite adoçado ou mel nos lábios. Outros afirmavam que, ao acordar, viam que tinham recebido informações por escrito, como uma dádiva espiritual. O relato sobre uma estátua cultuada representando Ogmios, o deus da inspiração, fundamenta a descrição de Gerald a respeito do transe mediúnico. Uma corrente liga os ouvidos dos devotos à língua do deus, uma ilustração vívida da natureza extrassensorial da inspiração druídica.

A Sabedoria da Inspiração

A inspiração envolve a visão, a audição e a fala. A palavra irlandesa para poeta, *filidh*, deriva de uma raiz indo-europeia cujo significado é "ver". Muitas estátuas celtas tricéfalas eram ligadas pela orelha, como se compartilhassem o sentido da audição (ver p. 109). A mais importante das faculdades do vidente, porém, é o poder da fala. A sabedoria que o druida ouve e vê em suas jornadas ao reino do espírito é transmitida ao seu povo por meio da fala, e os *awenyddion* vivenciam seu dom como uma abertura da boca.

A importância da fala para os celtas é bem ilustrada na história a seguir. Matholwch, um rei irlandês, viola as leis da hospitalidade tentando matar seu hóspede, Bendigeidfran mab Lyr. Durante a luta que se segue, muitos soldados são mortos e, pelo fato de seu mestre ter se comportado de maneira tão desonrosa, eles

O OVO DE DRUIDA

Plínio, em sua *História Natural*, refere-se ao ovo de druida, chamando-o de *anguinum*. Ele descreve um talismã oval, do tamanho de uma maçã, supostamente feito da saliva de cobras prestes a dar o bote. Dada à conexão com as serpentes, os druidas usavam esses ovos para "dar poder à língua" – ou seja, aumentar as suas chances de vitória nos tribunais por meio da sua retórica incontestável. Grupos de amuletos ovais que lembravam vagamente a descrição de Plínio foram encontrados na Escócia, embora ninguém tenha provado que se tratasse de fato dos ovos de druida.

O Vidente de Brahan

No século XVII, Kenneth Mackenzie, o Vidente de Brahan, recebeu dos mortos o dom da profecia. Quando garoto, ele costumava acompanhar a mãe quando ela ia ao castelo da família. Uma noite, voltando tarde para casa, ele viu que o cemitério estava cheio de espíritos. Destemida, a senhora Mackenzie aproximou-se de uma cova aberta e colocou ali sua bengala atravessada para evitar que o espírito retornasse. Conforme descobriram depois, a cova era de uma princesa que morrera afogada; para que lhe permitissem voltar à sepultura, ela revelou a localização de uma estranha pedra azul que conferiria o dom da profecia ao filho da senhora Mackenzie, Kenneth. A primeira experiência do jovem profeta com seus poderes recém-adquiridos ocorreu logo depois, quando uma noite ele sonhou que comia um alimento envenenado. No dia seguinte, quando seu patrão invejoso lhe ofereceu comida, ele se lembrou do sonho e recusou-a. Depois disso, Kenneth decidiu se aventurar pelo mundo, onde sentia que seus dons seriam mais valorizados.

A Sabedoria da Inspiração

morrem sob uma nuvem de vergonha. Eles não conseguem, portanto, fazer a transição para o Outro Mundo, de modo que são mandados de volta da terra dos mortos para fazer companhia aos vivos e destituídos do poder da fala como castigo por terem agido tão mal.

Como se fosse para valorizar o conhecimento que se pode adquirir no mundo espiritual, as viagens para esse reino são extremamente perigosas. A busca pessoal pela sabedoria sobrenatural tem seu lado sombrio – experiências fora do corpo podem levar à morte ou à demência. O conhecimento sobrenatural, se não for controlado, pode ameaçar até os videntes mais poderosos com a perda da razão. Numa história, Merlin tem uma visão tão terrível que o leva à loucura e ele se torna um homem arredio, alienado da sociedade. As divagações da sua mente perturbada são ouvidas apenas pelo seu porquinho de estimação e pelas macieiras que lhe fazem sombra. Quando Gwenddydd, sua irmã, lhe faz uma visita em sua casa no bosque, ela tenta confortá-lo. Primeiro oferece vinho ao irmão, mas ele rejeita. Depois oferece leite, mas ele também o despreza. Só quando ela lhe oferece uma terceira bebida, a água, o líquido mais puro e carregado de conhecimento, ele aceita. A água cura sua loucura e restaura suas capacidades como vidente e profeta.

Um anel de cabeças humanas circunda este vaso, que foi encontrado no sítio de Bavay, na França. Uma das cabeças é triplicada, com três rostos com o mesmo pescoço. Elas parecem estar ligadas pelas orelhas, de modo que uma face fita diretamente o observador e as outras duas estão de perfil. O número três tem um grande significado na tradição de sabedoria celta (ver pp. 112-113), e esse rosto tríplice, em meio a um conjunto de outros rostos, também pode sugerir sentidos mais aguçados, como os dos profetas e dos bardos.

SANTOS E ANJOS

Num dos poemas mais místicos da tradição celta, o bardo Taliesin afirma ter vindo da Terra dos Serafins. Esses seres angélicos são uma companhia apropriada para o líder dos bardos, visto que os serafins pertencem à ordem mais elevada dos anjos, aqueles que estão mais próximos do trono de Deus. Os vários anjos retratados no *Livro de Kells* lembram os anjos bizantinos na forma e nas vestimentas, mas, quando se comunicam com os santos celtas, esses seres celestiais palestram tanto sobre questões relacionadas à tradição de sabedoria celta quanto sobre a doutrina cristã.

Em uma ocasião, São Patrício evoca os espíritos de dois antigos guerreiros, Cailte e Oisin, e de seus companheiros, para que lhe contem as aventuras de antigos heróis irlandeses e recitem a sabedoria dos *ollamh*, a ordem mais importante dos poetas irlandeses antigos. Fascinado por essa esplêndida tradição pagã, São Patrício se pergunta se não estaria negligenciando seus deveres pastorais. De repente, dois anjos aparecem para assegurá-lo da importância dos contos sobre os antigos heróis, e São Patrício convoca seus escribas para registrar as histórias e preservá-las na forma escrita para sempre.

O relicário de São Patrício é um elaborado cofre de bronze, de 1100 EC, aproximadamente, feito para guardar seu sino, que continuou a operar milagres depois da morte do santo (ver p. 56). A decoração com chapas de prata e filigranas contribui para dar um ar de sofisticação à peça e reflete a posição elevada de São Patrício no Cristianismo Celta. Relatos escritos da vida do santo referem-se a outros dos seus objetos milagrosos, como o bastão episcopal. Uma das histórias cita uma profecia pagã que prevê a chegada de um bispo portando um cajado: "Aquele que usa a mitra virá, com seu cajado de ponta curva".

Santos e Anjos

O canal de comunicação entre os anjos e os santos celtas não é apenas um veículo pelo qual a palavra de Deus pode ser transmitida à humanidade. Como mostra a história a seguir, sobre São Columba, às vezes os anjos atribuem tarefas que podem ser experiências arriscadas até para um santo. Uma noite, enquanto São Columba estava meditando, "arrebatado em seus sentidos", ele tem a visão de um anjo, que lhe pede para presidir a cerimônia de coroação de um rei irlandês e oferece a ele um livro de vidro contendo as palavras que ele deve proferir na cerimônia. Quanto São Columba se recusa a pegar o livro pela segunda vez, o anjo o atinge com o golpe de um relâmpago, marcando o santo para sempre. O anjo então pede a ele, mais uma vez, que aceite o livro. Dessa vez o santo não ousa recusar: ele aceita a oferta e cumpre sua incumbência.

O SANTO FERREIRO

São Eloi é o santo bretão protetor dos ferreiros. Um dia, um estranho leva à ferraria de Eloi um cavalo que precisava receber ferraduras. Quando Eloi concorda em ajudá-lo, o estranho corta as pernas do cavalo, uma por uma, troca as ferraduras por outras novas e depois volta a curar as pernas do animal. O cavalo não parece sofrer durante esse curioso episódio. O estranho então revela ser o próprio Cristo, que viera prestar suas honras ao ferreiro. Eloi é também o protetor dos cavalos e, durante seu festival, ou *pardon* – um dos muitos que ocorrem na Britânia – cavalos são conduzidos ao redor das igrejas para que o santo possa protegê-los. Tufos de pelos e crinas de cavalos são oferecidos ao santo.

O PODER DO TRÊS

Tríades (grupos de três) e triplicações são um tema recorrente no mundo celta. As perguntas são feitas três vezes, as deusas aparecem em grupos de três e as figuras de pedra do homenzinho de capuz que dá sorte sempre ocorrem em grupos de três. O número três tem a capacidade de intensificar o poder e unificar diversas experiências numa só: cabeças e rostos esculpidos são entalhados em padrões interligados, de modo que o três se torna uma única unidade. Esses rostos entalhados olham para o passado, para o presente e para o futuro simultaneamente, e qualquer grupo de três imagens ligado dessa maneira incorpora a natureza todo-abrangente da sabedoria celta.

De acordo com Júlio César, os druidas recusavam-se a confiar seu conhecimento ao papel e preferiam transmitir tudo pela palavra oral, confiando mais na memória do que na escrita. Eles usavam várias técnicas mnemônicas sofisticadas, sendo a mais comum delas a tríade de três elementos. Grupos de tríades catalogam as leis, as regras de poesia e o conhecimento tradicional de todos os tipos.

Esses agrupamentos criam um mecanismo valioso para organização e memorização do vasto cabedal de informações pelo qual o druida é responsável. No entanto, como os druidas fazem pouca distinção entre o sagrado e o secular, o próprio ato de organizar o conhecimento em tríades encerra um significado oculto no qual o último elemento muitas vezes transmite a mensagem mais importante. A tríade a seguir registra os três nomes da Britânia: Distrito de Merlin, Ilha do Mel e Ilha da Britânia. Esses epítetos transmitem mais do que um simples registro histórico – eles encerram a história espiritual da ilha. Trata-se de um lugar de magia, graças à sua associação com o grande mago Merlin; é a Ilha do Mel porque é uma terra fértil e próspera; mas todas essas qualidades e, na verdade toda a sua identidade como nação, são acumuladas e concentradas no último dos três nomes, que encerra mais do que apenas um significado literal.

Tríades de conhecimento

As tríades de conhecimento são um importante veículo para a transmissão de sabedoria druídica e bárdica. Algumas fazem observações curiosas sobre a fragilidade humana, enquanto outras enfatizam as verdades solenes da condição humana.

Três coisas é melhor fazer rápido:
Pegar uma mosca tão logo a perceba;
Evitar o caminho de um cão raivoso;
Apaziguar discórdias.

As três fontes de conhecimento:
Pensamento;
Intuição;
Aprendizado.

As três funções da fala:
Recitar;
Argumentar;
E contar histórias.

Três motivos para o riso de um tolo:
Rir do que é bom;
Rir do que é ruim;
Rir do que não entende.

Eis os três tipos de homem:
Os homens de Deus, que retribuem o mal com o bem;
Os homens deste mundo, que retribuem o bem com o bem e o mal com o mal;
E os homens do demônio, que retribuem o bem com o mal.

CURA ESPIRITUAL

O escritor romano Plínio descreve um tipo de samambaia chamada *selago* que os druidas gauleses usavam para efetuar curas mágicas e medicinais. Como a planta tem propriedades místicas e terapêuticas, ela devia ser colhida de acordo com determinados rituais. Antes de colher o *selago*, convinha fazer oferendas de pão e vinho, e qualquer um que pretendesse colhê-la devia vestir uma túnica branca e ficar descalço. Ela não podia ser colhida com nenhum utensílio de ferro, mas arrancada passando-se a mão direita através da manga esquerda da túnica. Se todas essas condições fossem atendidas, o amuleto feito de *selago* se tornaria um poderoso encantamento contra o mal.

César compara os deuses celtas da cura ao clássico deus solar Apolo, mas para os celtas o poder de cura não vinha do sol, mas do Outro Mundo, o reino da escuridão e do conhecimento. Dian Cecht, o médico dos Tuatha De Danann, que vive no Outro Mundo, é um dos mais famosos curandeiros do mundo celta. Depois da morte de Miach, filho de Dian Cecht, 365 plantas de cura brotaram em sua sepultura. Cada parte do corpo de Miach produziu uma erva diferente. Seu pai e sua irmã colheram as ervas e jogaram-nas num poço profundo chamado Tiopra Slaine. Durante a batalha de

A FONTE DOS ENCANTADOS

Como mostra uma história que se passa em Finistère, na Britânia, a cura não é só uma questão de se descobrir o remédio certo; ela também requer a atitude apropriada. Dois vizinhos, Paol e Yon, foram a Paris. Paol, um homem abastado mas sem muita consideração pelos companheiros de viagem, viajava com conforto, enquanto o pobre e honesto Yon precisava pedir esmolas no caminho. Uma noite, Yon não encontrou abrigo a não ser um buraco no tronco de um carvalho, perto de uma estranha nascente, que corria de leste para oeste. À meia-noite, Yon acordou com um terrível barulho – eram *corrigans*, ou o povo encantado, que dançavam ao redor dele. O líder desse povo, um velho *corrigan* coxo, gabava-se de ter lançado sobre a filha do rei um feitiço que só poderia ser desfeito com a água dessa nascente. Sem ser visto pelos encantados, Yon conseguiu guardar um pouco da água milagrosa e correr para o palácio, onde curou a princesa. O generoso Yon contou a Paol sobre o carvalho e a nascente, e o tratante correu para encontrar o lugar mágico, com a intenção de se tornar um famoso curandeiro. Também se escondeu no buraco da árvore e esperou pelos *corrigans*. O líder dos encantados, porém, ao ouvir dizer que um homem maltrapilho tinha curado a princesa, ordenou que incendiassem o carvalho que abrigara o ladrão e o ganancioso Paol pereceu entre as chamas.

Moytura, Dian Cecht e seus outros três filhos jogavam no poço os guerreiros Tuatha De Danann feridos, repetindo encantamentos sobre eles, e os guerreiros emergiam do poço com os ferimentos cicatrizados.

A maior proeza de Dian Cecht, no entanto, foi criar um braço de prata para Nuadu, rei dos Tuatha De Danann. Segundo a tradição, a Irlanda não podia ser governada por um rei mutilado, por isso a perda do braço faria com que Nuadu perdesse o trono num período crítico para o seu povo. Ao criar o braço, Dian Cecht realizou um ato de cura tanto física quanto espiritual, visto que ele salvou não só o rei, mas a própria instituição da realeza.

A história da devastadora doença de Cuchulainn é um conto sobre as doenças e tristezas provocadas e curadas pelo conhecimento do Outro Mundo. Um dia, no festival de Samhain, Cuchulainn tenta capturar dois misteriosos cisnes, presos um ao outro por uma corrente de ouro (ver p. 81). Para fugir, os pássaros começam a cantar uma canção mágica que faz com que Cuchulainn se encoste num pilar de pedra e caia no sono. Nesse sono encantado, ele sonha que duas mulheres vêm do Outro Mundo e

Um encantamento contra a tristeza

O poder dos encantamentos celtas está no som das próprias palavras e não no significado delas, por isso eles precisam ser recitados em voz alta. Este encantamento deve ser lançado numa noite sem lua, quando a alma estiver pesarosa e entristecida.

Encantamento de Miguel com o escudo,
Da folha de palmeira de Cristo,
De Brighid com seu véu.
Encantamento que o próprio Deus lançou
Quando a divindade dentro dele obscureceu.

batem nele até fazê-lo perder os sentidos. Quando acorda, o herói vai para a cama e ali fica, em estado letárgico, durante um ano. Quando Samhain se aproxima novamente, ele volta ao pilar de pedra e as duas fadas surgem diante dele novamente. Dessa vez elas o convidam para acompanhá-las ao Outro Mundo, onde, caso derrote os inimigos do rei delas, ele terá o amor de Fand, uma mulher encantada, como recompensa. O herói concorda e as acompanha.

Cuchulainn cumpre sua parte do acordo no Outro Mundo e, como está enfeitiçado por Fand, ele a traz para viver entre os seres humanos. Contudo, Emer, a esposa de Cuchulainn, o repreende severamente pela sua infidelidade e a encantada é obrigada a deixá-lo. O herói fica inconsolável e vaga pelo mundo, ensandecido. Emer pede aos druidas que ajudem a curar seu marido e eles entoam encantamentos e feitiços para sanar sua loucura. Depois lhe dão uma poção do esquecimento, curando-o, por fim, da sua paixão pela mulher encantada.

A SABEDORIA DOS BARDOS

As palavras de Amergin – "Eu sou a palavra de sabedoria" (que significa "Sou poeta") – evocam a posição exaltada dos poetas e dos bardos no mundo celta. Os bardos são os guardiães da sabedoria tribal e, com a sua arte, eles preservam a própria identidade do seu povo. Os três privilégios concedidos a todos os bardos da Britânia são: ter abrigo e alimentação em qualquer lugar, ter as armas na bainha em sua presença e a palavra respeitada por todos.

O valor conferido às palavras de um poeta reflete a natureza sagrada do seu aprendizado, e as leis irlandesas estabelecem que o "preço de honra" do líder dos poetas, o *ollamh*, é igual ao do rei. Um dia, quando o druida Ollamhan, cujo nome significa "líder dos poetas", estava sentado ao lado do irmão, o Grande Rei Fiachna, ouviu-se o som de uma ventania. O druida profetizou que seu próprio filho, que estava prestes a nascer, seria considerado alguém à altura de Fiachna. O rei, enciumado, convocou a cunhada grávida e perguntou sobre a criança, mas ela não tinha conhecimento da profecia. Quando a criança nasceu, porém, o bebê recitou um poema. Fiachna, atônito diante da

Feidhilm é a mais famosa das poetisas da literatura irlandesa antiga. Às vezes descrita como uma feiticeira, ela é também profetisa e previu a ruína dos exércitos da Rainha Maeve de Connacht, em sua tentativa de invadir o Ulster. Feidhilm aprendeu a sua arte na Escócia, onde a tradição das poetisas era forte e várias delas compunham versos para os chefes dos clãs escoceses.

sabedoria precoce da criança, aceitou o menino como seu igual e lhe conferiu a posição dos *Ollamhan*, poetas líderes.

A visão, ou introvisão, dos poetas celtas funciona em três níveis. Ela vê a sabedoria passada do seu mundo, propicia entendimento intuitivo do presente e possibilita a previsão do futuro. Martin Martin, historiador do século XVII oriundo da Ilha de Skye, conta que os poetas gaélicos da sua época aprendiam sua arte deitando-se na escuridão com uma pedra no peito. Essa meditação druídica ajudava a focar a mente e a afastá-la de todas as distrações. Com a ajuda dessa técnica, os bardos desse período, como os seus antepassados celtas, eram capazes de canalizar sua consciência de maneira que lhes permitissem compreender as complexidades da composição poética, os

LEMBRANÇA DO TAIN

Um dia, os bardos da Irlanda perceberam que não se lembravam mais do *Tain Bo Cuailgne*, o poema sobre o roubo do touro que provocou uma luta entre os homens do Uslter e os de Connacht. Os santos da Irlanda se aliaram aos poetas para pedir a ajuda de Deus. Então, Deus trouxe novamente à vida um dos antigos heróis, que pela última vez recitou as aventuras dos homens do Ulster, a luta entre dois touros mágicos, as façanhas de Cuchulainn e a astúcia da Rainha Maeve de Connacht. Os escribas da Irlanda então escreveram o poema para que as futuras gerações pudessem se lembrar das proezas dos grandes heróis.

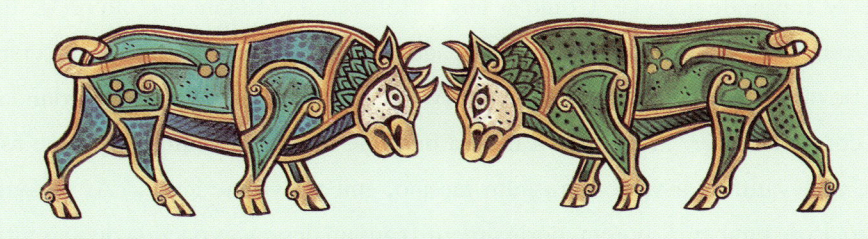

códigos legais intrincados da época, e o conhecimento prático e oculto que sua vocação exigia que recordassem.

Ser bardo é uma vocação, um chamado, e aqueles a quem falta esse talento não podem adquiri-lo por meio do aprendizado. Existem muitas histórias fantásticas sobre como os bardos adquiriam seus talentos. A grande dinastia dos bardos irlandeses, os O'Dalaighs, tem uma história sobre seu ancestral Cearbhall O'Dalaigh. Quando garoto, Cearbhall trabalhava para um fazendeiro que todos os dias perguntava ao menino se ele tinha visto alguma coisa fora do comum. O menino sempre negava, mas um dia ele viu uma nuvem baixar até uma moita de juncos, que foram devorados por uma vaca malhada. O fazendeiro disse a Cearbhall para que ele trouxesse o primeiro leite da vaca, mas o menino esparramou o leite sobre o próprio corpo. Imediatamente ele se transformou num poeta e passou a se exprimir apenas em versos perfeitos. O fazendeiro mandou-o embora e a fama de Cearbhall como bardo se espalhou, chegando até a Escócia, onde a filha do rei se apaixonou por ele. Como não aprovava o pretendente da filha, o rei fez tudo o que estava ao seu alcance para mantê-los afastados. No entanto, com uma doce canção ao som da harpa, Cearbhall induziu todos ao sono, menos a princesa, e os enamorados puderam finalmente ficar juntos.

Além dos bardos terem o poder de enfeitiçar as pessoas com palavras, eles também são capazes de infligir sofrimento – algumas das suas reprimendas podem causar dor física. E até os reis podem ser alvo de sua cólera. De acordo com o *Livro das Invasões*, Cairbre, o líder dos bardos dos Tuatha De Danann, compôs a primeira invectiva satírica já ouvida na Irlanda. Ela criticava o Rei Bres com tamanha virulência que o rosto do rei se cobriu de pústulas. Como as leis da soberania proibiam que um rei desfigurado governasse o país, o Rei Bres foi obrigado a abdicar. Essas intemperanças vieram à tona novamente num poema do século XV em que o líder dos bardos da Irlanda luta para conter a raiva: "Antes que a minha onda de fúria se avolume e queime as suas faces, eu levantarei a voz contra mim mesmo, embora vá me ferir..." As palavras de desagrado de um bardo, porém, normalmente causam desgraças na vida de suas vítimas.

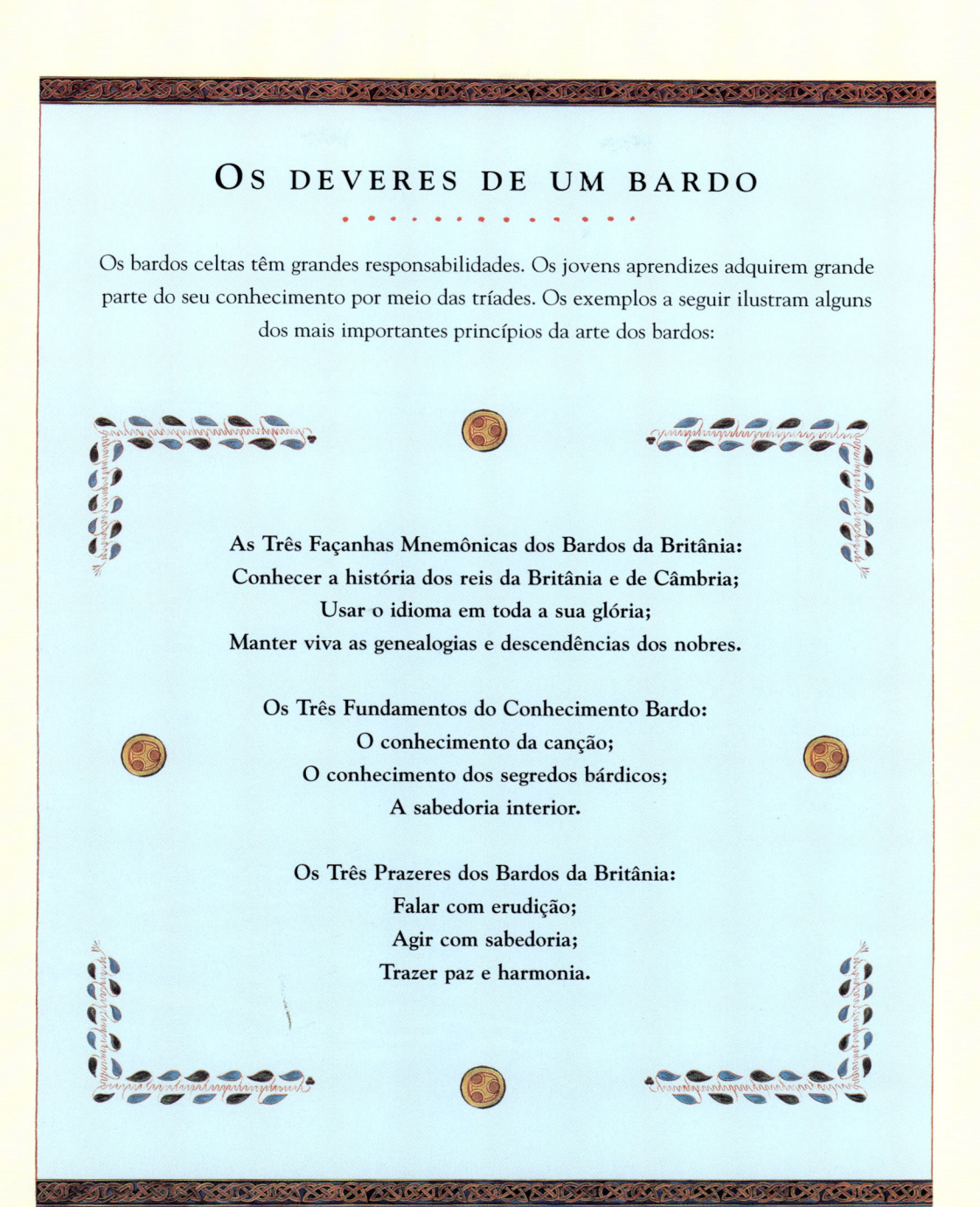

OS DEVERES DE UM BARDO

Os bardos celtas têm grandes responsabilidades. Os jovens aprendizes adquirem grande parte do seu conhecimento por meio das tríades. Os exemplos a seguir ilustram alguns dos mais importantes princípios da arte dos bardos:

As Três Façanhas Mnemônicas dos Bardos da Britânia:
Conhecer a história dos reis da Britânia e de Câmbria;
Usar o idioma em toda a sua glória;
Manter viva as genealogias e descendências dos nobres.

Os Três Fundamentos do Conhecimento Bardo:
O conhecimento da canção;
O conhecimento dos segredos bárdicos;
A sabedoria interior.

Os Três Prazeres dos Bardos da Britânia:
Falar com erudição;
Agir com sabedoria;
Trazer paz e harmonia.

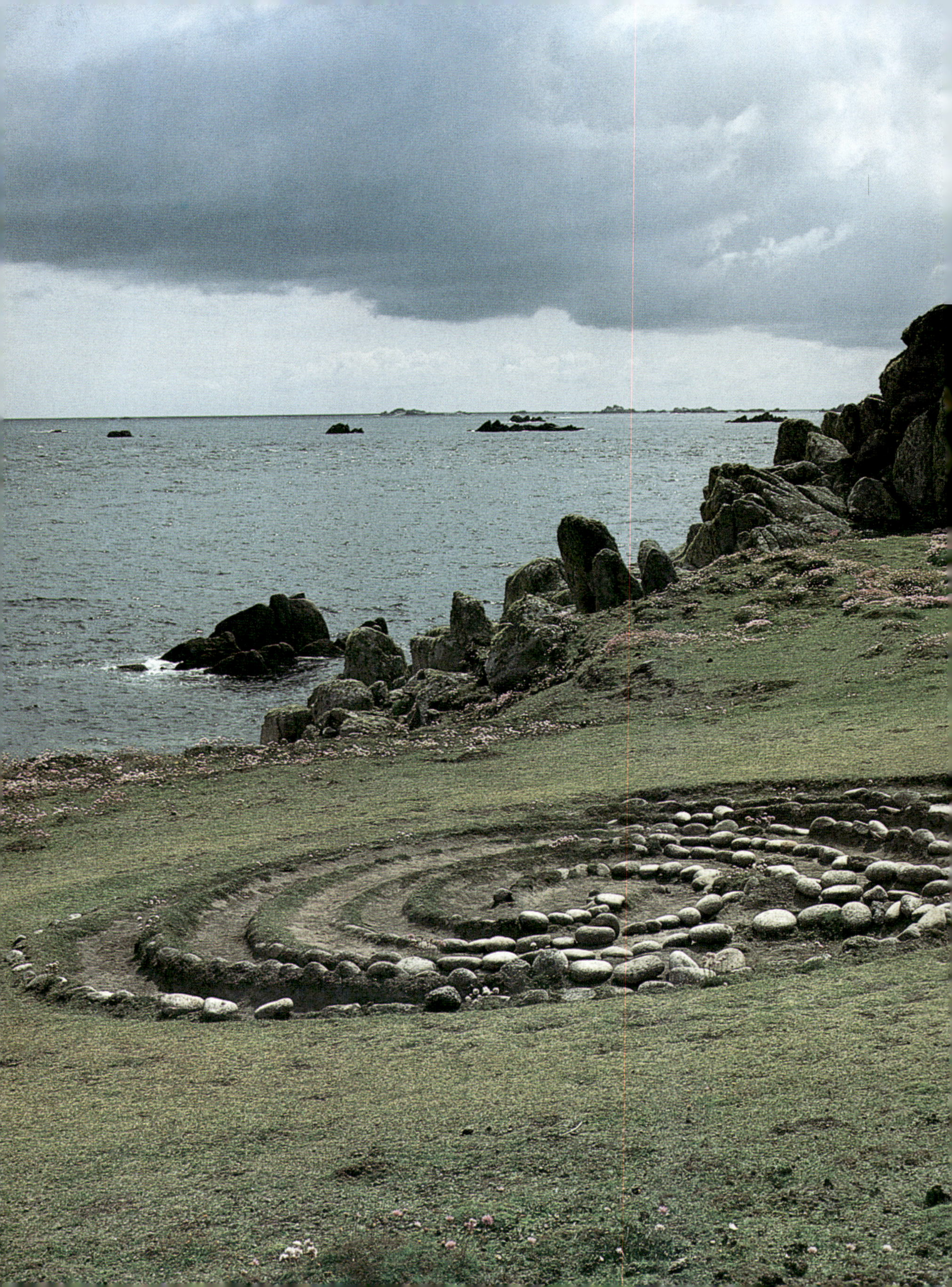

A SABEDORIA DA ETERNIDADE

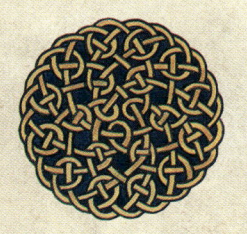

Os celtas eram fascinados pela imagem do nó sem fim – um modo de expressar o infinito num padrão tangível. As linhas do nó, presente em monumentos e manuscritos, são torcidas e entrelaçadas, mas sempre voltam ao ponto de partida. Nas narrativas das jornadas ao Outro Mundo, os viajantes também têm experiências valiosas, mas que acabam terminando no mesmo ponto em que começaram. Desse ponto de vista extramundano, a morte não é um fim, mas uma porta para a vida eterna.

A Sabedoria da Eternidade

AS CRIATURAS EM PADRÕES

A representação de animais na arte celta – em armas, esculturas de pedra e, de modo mais espetacular, em manuscritos ilustrados com iluminuras – baseiam-se, em sua maior parte, na sabedoria do mundo cristão como também nas tradições pagãs. Os animais nos lembram a vitalidade da natureza, o dom divino da diversidade que existe neste mundo e, embora por associações simbólicas, a realidade do eterno.

O *Livro de Kells*, merecidamente o mais conhecido de todos os manuscritos celtas com iluminuras, é um texto ricamente ilustrado dos evangelhos, produzido entre os séculos VII e IX EC. Alguns dos animais retratados com mais frequência nesse manuscrito são associados a Jesus Cristo. A cobra é um símbolo da Ressurreição, pois ela se renova com a troca de pele, enquanto o motivo do peixe é uma lembrança dos novos convertidos ao Cristianismo, que nadam no batismo (em grego, a palavra "peixe" também é um acrônimo de Jesus Cristo, Filho de Deus, Salvador). Todos os evangelistas, exceto São Mateus, que era retratado como um homem ou um anjo, foram simbolizados como animais: São Marcos, como um leão, São Lucas como um boi e São João como uma águia. Entre os pássaros retratados no *Livro de Kells* estão o pavão, que simboliza a natureza incorruptível de Cristo, e a pomba, ligada ao Espírito Santo.

Nem todas as criaturas da arte celta, porém, têm associações positivas. Nas ilustrações dos manuscritos e nas esculturas de pedra, existem muitos monstros, como dragões cuspidores de fogo, estranhas criaturas que devoram a própria calda e animais semelhantes a répteis retratados engolindo vítimas humanas (até mesmo um bispo, num dos casos). Por mais terríveis que essas criaturas possam parecer, sua fúria é abrandada pelo poder dos santos celtas. Dizia-se que São Sansão de Dol, reverenciado na Cornualha e na Britânia, era capaz de transformar um dragão em pedra; e que São Ronan cavalgou um monstro gigante até uma ilha, para fazer com que seus habitantes venenosos fugissem para o mar e ele pudesse construir ali um mosteiro.

As Criaturas em Padrões

O MONSTRO PENITENCIAL

Entre as imagens mais vívidas dos manuscritos celtas com iluminuras estão aquelas em que um monstro parece engolir um ser humano. Essas criaturas, semelhantes aos misteriosos monstros devoradores de gente encontrados em artefatos e esculturas celtas, também evocam a imagem do inferno como uma besta penitencial que engole os pecadores. Essa também é uma imagem descrita num poema medieval atribuído ao poeta Taliesin – um mosaico literário que se vale da tradição poética, de lendas cristãs e da filosofia clássica, todos animados pela alegre efervescência do poeta celta. Essa é a passagem em questão:

"Comandei esplêndidas frotas de navios.
Ataquei um monstro escamoso,
com centenas de cabeças;
sob a língua, um batalhão de homens,
outra horda na garganta;
como um sapo com a língua preta bifurcada,
centenas de unhas em cada garra;
como uma serpente pintada com uma crista,
uma centena de almas pecadoras
em seu ventre são castigadas."

A VIDEIRA TRANÇADA

Muitos dos padrões desenhados nos manuscritos e esculpidos nas cruzes celtas retratam plantas semelhantes à videira em formatos intrincados e retorcidos. Essas videiras muitas vezes estão enraizadas num cálice de ouro, e entre suas folhas e galhos trançados crescem cachos de uva do qual se alimentam pavões com caldas iridescentes e onduladas. O simbolismo cristão da videira é uma fusão das tradições de sabedoria celta e bizantina. A videira carregada de uvas e irrompendo de um cálice representa a promessa de redenção de Cristo; e os pavões, retratados com suas caudas coloridas abertas, simbolizam a Ressurreição.

Mesmo antes do simbolismo cristão se tornar popular, as plantas já representavam uma parte importante do imaginário celta. Um dia, três fadas de Cruachan, um portal que liga o mundo humano ao Outro Mundo trevoso, sentaram-se para fiar lã no sentido anti-horário, em fusos feitos com galhos retorcidos de azevinho. Qualquer coisa feita no sentido contrário ao movimento do Sol – isto é, no sentido anti-horário – é considerada magia negra. As ações das mulheres, combinadas com as propriedades mágicas do azevinho retorcido, permitiram que as anciãs envolvessem dois grandes heróis, Finn e Conan, em seus fios e os cegassem, sem lhes dar possibilidade de fuga. Os companheiros de Finn tentaram deter a malévola fiação, mas todos, com exceção de Goll mac Morna, ficaram enredados nos fios enfeitiçados. Goll por fim conseguiu matar as bruxas e resgatar os companheiros.

As qualidades mágicas do azevinho são mencionadas também na história de Taliesin. Quando o Príncipe Elphin, senhor do bardo Taliesin, gabou-se de que seus cavalos eram melhores do que os do Rei Maelgwn, o rei, muito zangado, insistiu para que fizessem uma corrida de cavalos. Taliesin deu uma vara de azevinho para o cavaleiro de Elphin e instruiu-o a golpear com ela as ancas de cada cavalo de Maelgwn durante a corrida. O cavaleiro obedeceu e os cavalos do rival logo não tinham mais condições de correr. No final da corrida, Taliesin diz a Elphin para cavar um buraco onde o cavaleiro deveria enterrar seu chapéu e sua vara. Nesse momento, ele descobre um caldeirão cheio de ouro. Assim, Elphin, sem caber em si de felicidade, ganha a corrida e também um tesouro.

Muitos poemas celtas baseiam-se na beleza natural e na fragilidade das plantas e usam essa imagem como metáforas do amor. São frequentes nos versos imagens como a de rosas cheias de espinhos e do azevinho crescendo das sepulturas de amantes, entrelaçados por toda a eternidade. Aqueles que viajaram ao Outro Mundo voltam muitas vezes com histórias sobre uma terra onde é sempre verão e existem belas árvores que produzem frutos o ano todo. Quando seres humanos comem as maçãs prateadas que crescem nessas árvores, eles anseiam pelos seus amantes do Outro Mundo.

O AZEVINHO, A HERA E O TEIXO

O Rei Arthur tenta estabelecer a paz entre o Rei Mark, marido de Essyllt (Iseult ou Isolda) e seu amante, Tristan (Tristão). Arthur declara que um deve viver com ela quando as árvores estiverem desfolhadas e o outro, quando elas estiverem carregadas de folhas. O marido escolhe o inverno, quando os galhos das árvores estão despidos de folhas e as noites são mais longas. Essyllt fica exultante – a escolha de Mark significa que ela nunca será afastada de Tristan, como ela explica no trecho a seguir, extraído do romance do século XVI *Tristão e Isolda*:

"Três árvores existem e são boas também
O azevinho, a hera e o teixo.
**Folhosas permanecem o ano inteiro.
De Tristão serei para sempre companheira**".

O NÓ SEM FIM

Os celtas gostavam de padrões entrelaçados de grande complexidade, com cores e desenhos vibrantes. Nós elaborados, com linhas e curvas, adornavam armas, espelhos, cerâmicas e monumentos. Padrões semelhantes também apareciam nos manuscritos celtas, com agrupamentos de desenhos curvilíneos e geométricos decorando cada letra, palavra, frase e até páginas inteiras. Ali, encontrávamos figuras humanas, pássaros e animais aparentemente emaranhados num padrão de linhas entrelaçadas, com cabeças, mãos e pés emergindo de arabescos espiralados. Vemos homens lutando e puxando a barba trançada uns dos outros, e cães de caça perseguindo presas através de florestas de padrões abstratos.

Os celtas cristianizados usavam desenhos entrelaçados em seus manuscritos para refletir as verdades eternas da mensagem bíblica. O símbolo do nó sem fim, que expressa o infinito por meio de uma linha que se pode seguir até o ponto de partida, está ligado à lenda medieval do selo de Salomão, um anel mágico decorado com misteriosos símbolos que permitiam ao Rei Salomão controlar os espíritos. O escudo que Gawain carrega em sua busca pelo Cavaleiro Verde, no famoso poema do século XIV, é ornamentado com um nó sem fim de cinco pontas, descrito com detalhes; sua ligação com Salomão é destacada: "então ele lhe mostrou o escudo, que era de goles brilhante [vermelho]/ Com um pentagrama pintado de um ouro muito puro (...)/ É um sinal que um dia concebeu Salomão / Como um símbolo de fidelidade, em virtude do seu formato/ pois trata-se de uma figura de cinco pontas/ e cada linha cruza e se liga as outras/ E é interminável em uma e outra direção; e na Inglaterra é chamado/ Em toda parte, como eu ouvi, de nó sem fim".

Muitos nós entrelaçados são formados de folhas e vegetação. A ligação entre o mundo natural e esses padrões estilizados é ilustrada na lenda associada à capela de Locronan, em Finistère, dedicada a São Ronan. Depois da morte do santo, várias paróquias reivindicaram a custódia do corpo do santo e a honra de construir sua tumba.

Labirintos de turfa

Os pastores da Cornualha e de Gales disputavam um jogo chamado Caer Droia. Eles cortavam a relva das encostas, formando labirintos cujos estreitos caminhos se entrelaçavam e desdobravam até chegar a um ponto central. Não havia caminhos falsos ou becos sem saída nessas estruturas – o caminho sempre levava ao centro.

O nome Caer Droia possivelmente deriva de *caer y troiau*, frase galesa que significa "cidade das curvas". Talvez o propósito original desses labirintos fosse propiciar um substituto para as jornadas de penitência, ou talvez os labirintos fossem apenas um jogo que desafiava os participantes a atingir o ponto central num tempo mínimo.

Colocaram o corpo de São Ronan num carro de boi sem condutor, na esperança de que o poder de Deus decidisse o lugar da tumba, guiando os bois até lá. Os paroquianos seguiam atrás. Ao cair da noite, os animais pararam num pequeno bosque no alto de uma colina e os seguidores do santo foram para casa. Na manhã seguinte, quando o povo voltou, ficaram surpresos ao descobrir que uma capela já havia sido construída ali. O carro de boi tinha se transformado milagrosamente numa tumba de pedra e os galhos das árvores do bosque tinham se petrificado, formando a intrincada estrutura de pedra da capela, que abriga o corpo do santo.

A Sabedoria da Eternidade

O GRANDE BARDO

A poesia e a narrativa celtas contêm numerosas referências ao ciclo de vida, morte e pós-morte. Os artistas e escritores celtas usavam essa visão em suas representações do cosmos como um eterno nó de experiência, simbolizado pelos padrões sem fim entrelaçados, que aparecem tão profusamente nos manuscritos irlandeses.

No trecho a seguir, extraído de *O Livro de Taliesin*, obra anônima do século XIII, o líder dos bardos mencionado no título dirige-se a nós, a partir de Caer Siddi, no Outro Mundo. Essa passagem apresenta os personagens Manawydan, padrasto de Pryderi, o filho de Pwyll, senhor de Dyfed, e Rhiannon. Quando Pryderi é vítima de uma armadilha no Outro Mundo, Manawydan vai resgatá-lo.

"Meu lugar está pronto em Caer Siddi,
Ninguém que está ali a velhice aflige –
isso Manawydan e Pryderi já sabem.
Três anfitriões tocam música diante dele,
e entre as montanhas fluem as correntes do mar;
e uma fonte abundante acima dele,
cuja água é mais doce que vinho branco.
e eu rogarei ao senhor nas alturas
diante desse local oculto, a sepultura,
que ele traga paz a você."

COMO VIVER E COMO MORRER

De acordo com Diógenes Laércio, a máxima dos druidas era que todos os celtas vivessem de acordo com três condições: venerassem os deuses, não fizessem nenhum mal e fossem valentes. Como em muitas tríades celtas, o preceito mais importante – ser valente – vem por último. Como diz um provérbio celta, "A memória de um homem não envelhece". Ser lembrado, depois da morte, como um homem de boa reputação e lembrado pelos bardos, que louvam os vivos e homenageiam os mortos, é a aspiração de todo homem celta.

O poeta romano Lucano resume a atitude celta diante da morte quando afirma, "A morte é o meio de uma longa vida". Oferendas funerárias eram enterradas junto com o corpo para facilitar a passagem do espírito pelo reino dos mortos, até o Outro Mundo. Armas, muitos objetos pessoais, como taças, trompas de caça e até carruagens, acompanhavam os guerreiros, ao passo que peças de joalheria e cerâmica eram os principais bens sepultados com as mulheres. Alimentos e bebidas eram providenciados para sustentar a alma em sua jornada. Além dos objetos mais práticos, algumas sepulturas continham os ossos de animais domésticos, como cavalos e cães, e modelos de rodas, que simbolizavam o ciclo eterno de vida e morte.

Esta estátua famosa, conhecida como O *Gaulês Agonizante*, é uma cópia em mármore de uma figura de bronze muito mais antiga, do século II AEC. Ela representa tudo o que os comentaristas gregos e romanos respeitavam nos adversários celtas – um guerreiro ousado e primitivo (com um bigode característico), lutando com o corpo em pelo, a não ser pelo torque, a espada e a trompa de guerra, pousados no chão ao seu lado. O som das trompas fazia parte da temida "investida celta" – tanto como um ritual quanto como uma tática militar, ele preparava e inspirava os guerreiros a lutar com valentia até a morte.

ELEGIA A UM PRÍNCIPE

Llewelyn foi o último príncipe de Gales e sua morte (c. 1282) representa o fim de uma era na história celta. O trecho a seguir, extraído do poema do século XIII *Elegia a Llewelyn ap Gruffudd*, da autoria de Gruffudd ab yr Ynad Coch, captura toda a tristeza de um povo que lamenta a perda do seu líder.

"Com a morte de Llewelyn minha mente me falta.
Meu coração está gelado, o medo me transpassa o peito;
O desejo seca como um graveto.
Não veem a rajada de vento e a chuva?
Não veem os carvalhos agitados?
Não veem o mar sulcar a areia?
Não veem a verdade que pressagia?
Não veem o sol cortando o céu
E as estrelas cadentes?
Acreditam em Deus, tolos mortais?
Não veem que o mundo inteiro está acabando?
Oh, Deus, deixe o mar cobrir a terra –
Por que nos deixar definhar?"

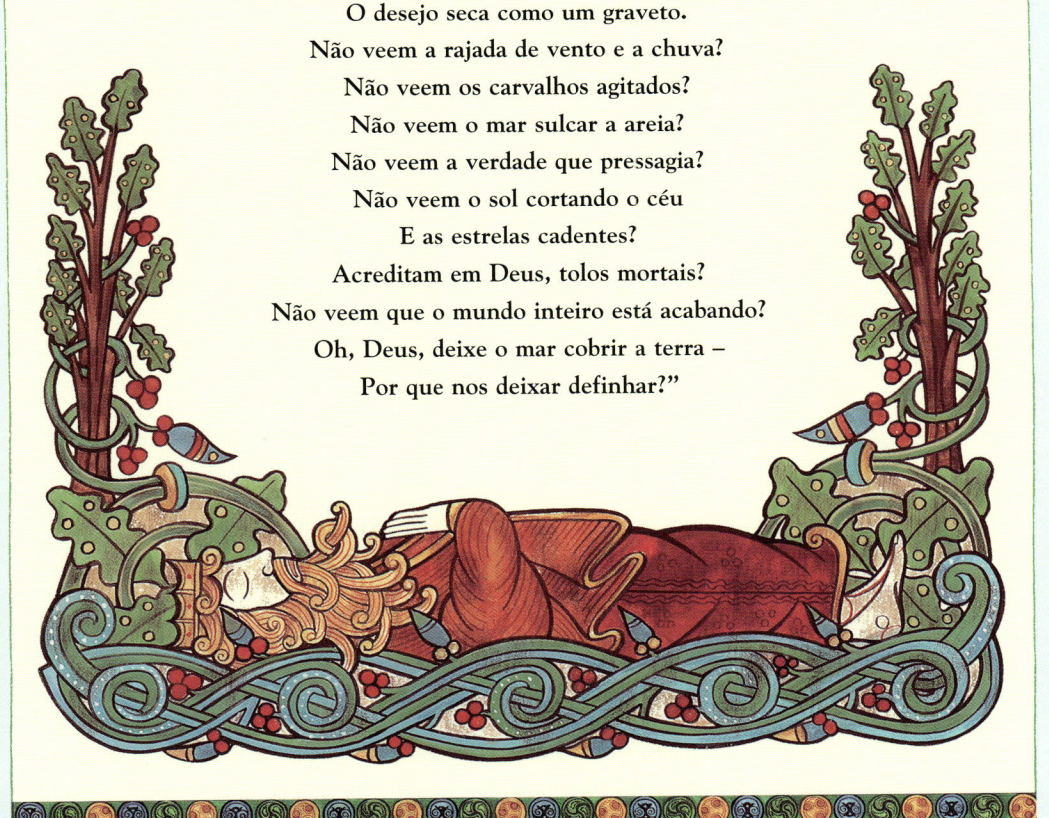

GUIA DE PRONÚNCIA

Irlandês
A sílaba tônica das palavras em geral é a primeira.
- **c**   sempre como **k** de **casa**, **quero**; nunca como **s**
- **bh**   como **v** de **vinho**
- **ch**   som inexistente em português. Tanto antes como depois das vogais, pronuncia-se como um **h** aspirado, com oclusão parcial do ar na garganta; nunca como **r**
- **ll**   antes ou depois de **e** ou **i**: como **lh** de **milho**
- **mh**   como **v** de **vinho**
- **dh**   som inexistente em português. Pronuncia-se como se fosse um **d** emitido com a ponta da língua entre os dentes. Exemplos do inglês: **the, this, that**. Nunca como **d**
- **gh**   - antes ou depois de **a**, **o** ou **u**, pronuncia-se como **g**, mas praticamente imperceptível e como se fosse um **h** semiaspirado. Assim, a palavra **água** seria pronunciada como **áhua**
      - antes ou depois de **e** ou **i**: como **i** de **ilha**
- **s**   - antes ou depois de **a**, **o** ou **u**: como **s** de **sal**; nunca como **z**
      - antes ou depois de **e** ou **i**: como **ch** de **chave**
- **th**   som inexistente em português. Pronuncia-se como se fosse um **s** emitido com a ponta da língua levemente entre os dentes. Exemplo de palavra inglesa: **thin**. Nunca como **s**
- **a**   como **a** de **paz** ou **ó** de **pó**
- **ae, ao**   como **ei** de **rei**
- **ai**   como **i** de **isso**, ou **é** de **fé**, ou **a** de **face**, ou **ó** de **pó**, ou **i** de **ilha**
- **e, ea**   como **é** de **fé** ou **ei** de **rei**
- **ei**   como **ei** de **rei** ou **é** de **fé**
- **i**   como **i** de **ilha**
- **ia, io**   como **ia** de **dia**
- **oe**   como **ói** de **herói**
- **oi**   como **ó** de **pó**
- **ui**   como **u** de **tudo**

Galês
A sílaba tônica das palavras em geral é a penúltima.
- **c**   sempre como **k** de **casa**, **quero**; nunca como **s**
- **ch**   som inexistente em português. Tanto antes como depois das vogais, pronuncia-se como um **h** aspirado, com oclusão parcial do ar na garganta; nunca como **r**
- **dd**   som inexistente em português. Pronuncia-se como se fosse um **d** emitido com a ponta da língua entre os dentes. Exemplos do inglês: **the, this, that**. Nunca como **d**
- **f**   como **v** de **vinho**
- **ff**   como **f** de **fica**
- **ll**   como **hl**, o **h** aspirado com força (som inexistente em português)
- **rh**   como **hr**, o **h** aspirado com força (som inexistente em português)
- **w**   como **u** de **uai** ou como **u** de **tudo**
- **ae, ei, eu**   como **ai** de **pai**
- **aw**   como **au** de **fauna**
- **oe**   como **oi** de **herói**
- **u**   como **i** de **ilha**
- **y**   como **ã** de **fã** ou **i** de **ilha**

FONTES PRIMÁRIAS

Carmichael, Alexander, *Carmina Gadelica Hymns and Incantations*. Floris Book, Edinburgh, 1992.

Cross, T.P. e C.H., Slover, *Ancient Irish Tales*. Barnes and Noble, Nova York, 1969.

Gantz, Jeffrey, *Early Irish Myths and Sagas*. Penguin, Londres e Nova York, 1981.

Gantz, Jeffrey, *The Mabinogion*. Penguin, Harmondworth e Nova York, 1976.

Jackson K.H., *A Celtic Miscellany*. Penguin, Harmondworth e Nova York, 1971.

Kinsella, Thomas, *The Tain*. Oxford University Press, Londres e Nova York, 1970.

LEITURAS RECOMENDADAS

Backhouse, Janet, *The Lindisfarne Gospels*. British Library Press, Londres, 1995.

Bain, George, *Celtic Art: Methods of Construction*. McClellan, Glasgow, 1951.

Chadwick, Nora, *The Druids*. University of Wales Press, Cardiff, 1997.

Clancy, Thomas, e Gilbert Markus, orgs. e trads., *Iona: The Earliest Poetry of a Celtic Monastery*. Edinburgh University Press, Edinburgo, 1995.

Curtin, Jeremiah, *Myths and Folk Tales of Ireland*. Dover Publications, Nova York, 1975.

Dillon, Myles, e Nora Chadwick, *The Celtic Realms*. Cardinal, Londres, 1973.

Eluere, Christine, *The Celts: First Masters of Europe*. Thames & Hudson, Londres, 1992; Abrams, Nova York, 1993.

Green, Miranda, *Exploring the World of the Druids*. Thames & Hudson, Londres e Nova York, 1997.

Green, Miranda, *Dictionary of Celtic Myth and Legend*. Thames & Hudson, Londres e Nova York, 1997.

Green, Miranda, *Celtic Goddesses: Warriors, Virgins and Mothers*, British Museum Press, Londres, 1995.

Hyde, Douglas, *Beside the Fire: Irish, Folktales*. Irish Academy Press, Dublin, 1978.

Jacobs, Joseph, *Celtic Fairy Tales*. Bracken, Londres, 1991.

Joyce, P.W., *Old Celtic Romances*. Talbot Press, Dublin, 1961.

Lover, Samuel, e T. Crofton Croker, *Ireland: Myths and Legends*, Senate, Londres, 1995.

MacCana, Proinseas, *Celtic Mythology*. Newnes, Middlesex, 1983.

Piggott, Stewart, *The Druids*. Thames & Hudson, Londres e Nova York, 1985.

O'hOgain, Daithi, *The Sacred Isle: Belief and Religion in Pre-Christian Ireland*. Boydell Press, Woodbridge, 1999.

Raftery, Barry, *Pagan Celtic Ireland: The Enigma of the Iron Age*. Thames & Hudson, Londres e Nova York, 1997.

Rees, Alwyn e Brinley, *Celtic Heritage*. Thames & Hudson, Londres e Nova York, 1961.

Ross, Anne, *Pagan Celtic Britain: Studies in Iconography and Tradition*. Constable, Londres, 1992.

Sharkey, John, *Celtic Mysteries*. Thames & Hudson, Londres e Nova York, 1975.

Stead, I.M., J.B. Bourke e D. Bothwell, *Lindow Man: The Body in the Bog*. British Museum Publications, Londres, 1986.

Thomas, Charles, *Celtic Britain*. Thames & Hudson, Londres e Nova York, 1997.

Zaczek, Iain, *Chronicles of the Celts*. Past Times, Londres, 1996.

AGRADECIMENTOS

As citações deste livro foram extraídas de fontes originais e adaptadas quando necessário para indicar a intenção da obra original. O autor e os editores gostariam de agradecer especialmente ao dr. John MacInnes pela sua ajuda inestimável.

Traduzido para o inglês e adaptado por Juliette Wood: p.17; p.21; pp.29-31 (com John MacInnes); p.72-3; pp.84-5; p.93; pp.103-5; p.113; p.121; p.125; p.127; p.131; p.133.
Traduzido para o inglês e adaptado por John MacInnes: p. 39; p.71.

Outros: p.68 extrato adaptado de The Wooing of Etain, *A Celtic Miscellany*, tradução © K.H. Jackson, 1971, cortesia do detentor dos direitos autorais e Routledge Ltd. Londres.

Os editores gostariam de agradecer às seguintes pessoas, museus e bibliotecas fotográficas pela permissão de reproduzir seu material. Todo cuidado foi tomado para que todos os direitos autorais fossem mencionados. No entanto, desculpamo-nos por qualquer omissão e nos dispomos a corrigi-la em edições futuras, caso sejam informados. **Página 6** Águia-careca /Robert Harding Picture Library/Ron Sandford; **12** Ponta de lança de ferro com detalhes em bronze, sécs. de III a II AEC / Departamento de Antiguidades Medievais e Posteriores/ British Museum; **14** Deusa com coruja saindo da cabeça, detalhe de um torque de ouro, séc. V AEC/ Landesmuseum fur Vor- und Frühgeschichte, Saarbrücken, Alemanha /AKG, Londres; **16** Estátua de bronze fundido de dançarina séc. I AEC- séc. I EC / Musée des Beaux Arts, Orleans, França / Bridgeman Art Library; **17** Estatueta de mármore branco representando uma deusa, séc. I AEC / Rheinisches Landesmuseum, Alemanha; **20** Doonagore, County Clare, Ireland/Simon Marsden Archives/ Bridgeman Art Library; **22** Mosteiro e sítio sagrado de Dun Conor, Inishman, Ilhas Aran, County, distrito de Donegal, Irlanda, sécs. VI-VII EC / Robert Harding Picture Library; **24** Estatueta de bronze da deusa Artio com urso, Stefan Rebsamen / Bernisches Historisches Museum, Suíça; **28** Nant Bochlwyd, Snowdonia, País de Gales / Mick Sharp Photography; **34** Estatueta de bronze de javali, séc. I AEC / British Museum / Werner Forman Archive; **30** Lua sobre o mar, Getty One / Chad Ehlers; **40** Pôr do sol na praia em Dinas Dinelle, Gwynedd, País de Gales, Mick Sharp Photography / Jean Williamson; **42** barco de ouro, séc. I AEC, National Museum of Ireland, Dublin / Werner Forman Archive; **47** Detalhe de manuscrito do séc. XIII, British Library (Harl. 4751 folio 69); **51** Broche de dragão de bronze esmaltado, séc. I EC / Departamento de Antiguidades Medievais e Posteriores / British Museum; **52** Miniatura de cachorro de vidro, séc. II. AEC, Landesmuseum Mainz, Alemanha; **60** Bardesey Island, Trwyn Maen Melyn, Gwynedd, País de Gales / Mick Sharp Photography; **70** Isle of Rhum, Escócia / Scottish Highlands Photo Library; **74** oferenda votiva de madeira gálio-romana, séc. I EC / Musée Archeologique, Dijon, França / AKG, Londres; **76** Carroça de bronze, conhecido como "Strettweg chariot", período Hallstatt, séc. VII AEC / Landes-museum Johanneum, Graz, Áustria / AKG, Londres; **82** Paisagem com lago / R. Valentine Atkinson Photography; **91** Bastão episcopal de Clonmacnoise. Distrito de Offaly, Irlanda, sécs. XI-XV / National Museum of Ireland; **92** Mt Stackpolly, Rosshire, Terras Altas escocesas, The Stockmarket; **94** Bosque de carvalhos, Bosque de Wistman, Dartmoor, Devon, Inglaterra, Sarah Boait; **102** Ruínas de Tintagel, Cornualha, Inglaterra, Skyscan; **109** Detalhe de deus tricéfalo em vaso, Bibliotheque Nationale de France, Paris; **110** Relicário de São Patrick, séc. XII / National Museum of Ireland, Dublin; **122** Praia de St. Agnes, ilhas da Sicília / F. Gibson; **130** Cruz celta, Corbis / Galen Rowell; **132** Estátua de mármore de "Gaulês Agonizante", romana / Museo Capitolino, Roma / AKG, Londres.